矢野くん、ラブレターを受け取ってくれますか？

T S U K I

STARTS
スターツ出版株式会社

カバーイラスト／七瀬えか

私には好きな人がいます。
今日こそは彼にラブレターを渡す
……つもりだったのに。
「へぇ、アンタ俺のことが好きなんだ」
「えっ、ちが……っ！」
なんで……どうして……。
「なら、付き合ってあげるよ」
学校一の不良くんの
彼女にされちゃってるのー!?

怖くてキケンな人だって思ってたのに……。
「別れてって泣きついても絶対に離してやんない」
どんどんキミの虜(とりこ)になっていく――。

矢野拓磨（やのたくま）

気性が荒く、ケンカで100人病院送りにしたという噂のある学校イチの不良。美憂のクラスメイト。

多田祐輝（ただゆうき）

片思い

クラスのムードメーカーで女子に大人気。拓磨の小学校からの幼なじみ。

矢野星司（やのせいじ）

容姿端麗・頭脳明晰・運動神経抜群の学校の王子様。美憂の片想いの相手。

!! かんちがい

?

桐野美憂（きりのみゆう）

矢野星司くんに片想いして約2年の、恋愛鈍感女子。勇気を出してラブレターを渡そうとするけど…。

七瀬 葵（ななせあおい）

気が強い美少女で、美憂の親友。３人の兄に溺愛されているのが原因で男嫌い。

☆ contents

■第３章

■最終章

第１章

カン違いラブレター

　高校２年生の11月に入ったばかりのある朝。
「美憂！　ほら、星司くん来たよ！　渡してきなよ！」
「え、あ、うぅ……」
　私は中庭でたくさんの女子に囲まれた、ある男の子に向かって背中を押された。
　でも、勇気が出ず、引き下がってしまった。
「あーあ、モタモタしてるから星司くん、行っちゃったじゃない。これで何回目？」
「ご、５回目です……」
「いつになったら渡すのよ、それ」
　親友の七瀬葵ちゃんが、私の手にある手紙を指さした。
「わ、わかんない……」
　高校２年の私、桐野美憂は恋をしています。
　お相手は学校で王子様的存在の矢野星司くん。
　いつも女子に囲まれていて、容姿端麗、頭脳明晰、運動神経抜群という三拍子を兼ね備えている。
　入学式の日、方向音痴で道のわからない私に『一緒に学校まで行こうか』と優しく声をかけてくれて……その日から矢野くんが好きなんだ。
　矢野くんに告白しよう！と、ラブレターを書いて渡そうとしてるんだけど、勇気が出なくて全然渡せない。
　はぁ……いつになったら渡せるのかな……。

かれこれ１年半以上も想いを寄せているのに、どれだけ時間かかってるんだろ……。
全く渡せない私を見て、親友の葵ちゃんはため息をつく。
「はぁ……告白するのやめたら？　美憂なら、星司くんじゃなくても他に想ってくれる人がたくさんいるじゃない」
「私が好きなのは星司くんだもん。叶（かな）わない可能性の方が高いのはわかってても、ちゃんと気持ちを伝えたいの。じゃないと絶対後悔するもん！」
「じゃあ、今日中にその手紙渡せなかったら、告白諦（あきら）めなさい」
葵ちゃんは私をビシッと指さした。
きょ、今日中に渡す!?
「えぇ！　そ、そんなぁ〜……」
「わかった？」
「で、でも……」
む、無理だよ〜……。
「はいはい、頑張（がんば）れ。さ、とりあえず、もうすぐＨＲ（ホームルーム）始まるし、教室帰るよ」
「う、うん……」
私はブレザーのポケットに手紙を入れて、中庭をあとにした。

「えー、今日の連絡事項は……」
ＨＲが始まり、私は窓際の席で窓の外を覗（のぞ）いていた。
「はぁ〜……」

今日中にラブレターを渡すだなんて、できる気がしないよ……。

渡すとしたら……放課後しかないよね。

放課後、下駄箱で待ち伏(ぶ)せして渡そう。

よし、絶対渡すぞ。

そう決意して、私はカバンにラブレターをしまおうとポケットに手を突っこんだ。

……が、しかし。

「……あれ」

ウ、ウソでしょ!?　ラブレターが……ない!!!

ポケットをいくら確認しても、なにも入ってなかった。

私、ポケットに入れたよね!?

なのになんでないの……？　もしかして、落とした!?

ヤ、ヤバい。あんなの誰かに拾われたらマズい。

探しにいかなきゃ！

私は思いきって立ちあがった。

「桐野？　どうかしたか？」

担任が首を傾(かし)げる。

「あ、あの……お、お腹が痛いので保健室行ってもいいですか……？」

一生懸命、お腹をおさえて腹痛に苦しんでいる演技をした。

先生、騙(だま)されてください……！

「あぁ、そうか。行ってこい」

よっし、さっさと探して戻ってこよう！

「い、行ってきます!!!」

勢いよく教室を飛びだして、私は通ってきたルートをすみずみまで確認する。

ない。ない。

ないーっ!!

下駄箱までやってきたけど、全く見つかる気配がしない。

どこにあるの……？

もうすでに誰かに拾われちゃったとか!?

いや、でも下駄箱から中庭の間の道に落ちてるかもしれない。

靴に履き替えて外に出る。

「アンタが探してんの、コレ？」

外に出ると、制服を着崩した明るい茶髪の男の子がいた。

その手には私の書いたラブレターがあった。

「あ、それ、私の……！」

この人が拾ってくれてた……っていうか拾われちゃったんだ。

まぁ自業自得だけど、見つかったしよかった。

「見つけてくれてありがとうございますっ！」

と、お礼を言って手紙を受け取ろうとしたら、ひょいっとかわされた。

……アレ？

「あ、あの……」

「コレ、俺宛てだよね？　“矢野くんへ”って書いてあるし」

「……へ!?」

　ちょっと待って。
　それってこの人も“矢野”って苗字ってこと？
　ということはもしかしてこの人……。
「矢野、拓磨（たくま）……？」
「そ、俺は矢野拓磨」
　や、矢野拓磨ってあの……!?
　矢野拓磨は学校一の不良で有名で、気性が荒く、ケンカで100人病院送りにしたとか聞いたことがある。
　同じクラスだけど、ほとんど授業に出なかったからちゃんと顔を見るのは初めて。
　不良っていうから怖い顔してるのかなーと思ってたけど、ウワサに聞いた気性の荒い性格には似合わず、甘い優しい顔をしている。
　……というか、いわゆるイケメン？
　じゃなくて!!
　……も、もしかして、ラブレターが矢野拓磨宛てだとカン違いされた？
　ヤ、ヤバい!!
「あ、あのその手紙は……っ！」
　私が全てを理解したときにはもう、矢野拓磨は手紙の中身を読んでしまっていた。
「ふぅん、なるほど？　アンタは俺のことが好きなんだ」
「え、えぇ、っと……」
　こ、怖い！
　今にも人を殺しそうな目で私を見る。

「なら、付き合ってあげるよ」
　フッと笑ってそう言った。
「……えっ!?」
　い、今なんて……？
「今日からアンタは俺の彼女。決定な」
「ウ、ソ……」
　ヤバいヤバいヤバい。
　完全にカン違いされてるし、しかも付き合うって……！
「よかったね、恋が叶って」
「い、いや、その手紙は……」
　誤解を解こうと震える声で言った。
「なんか言いたいことでも？」
「な、なにもありません！」
　ど、どどど、どうしよう。
　つ、付き合うことになっちゃった。
　でも怖くてカン違いだなんて言えない。
「そ。じゃあ行くよ」
「……へ？」
「１時間目はサボりなよ」
　無表情の彼がなにを考えているのか、全くわからない。
「え!?　む、無理ですよ！」
　単位とか落としたらダメだし……。
「いいからサボりなって」
「う……っ、は、はい……」
　あまりの迫力に頷(うなず)くしかなかった。

「行くよ」
　矢野拓磨に連れられて、屋上へと入った。
　屋上の風は強くて、私は肩を思わず震わせた。
「う～……ど、どうしよう……」
「寝る」
「え!?」
　矢野拓磨は私を座らせて、その隣に座った。
　そして私の肩に頭をあずけた。
　な、なにこの状況!?
　まさかこのまま寝るつもりじゃ……！
「あ、あの！」
「なに？」
　私が呼んでもその体勢のまま、返事した。
「そ、その、この状態で寝るんですか……？」
「彼女なんだからいいでしょ。こっちの方が暖かいし」
「で、でも……」
「つーかアンタ、なんで敬語なワケ？　タメだし彼女なのにおかしくない？」
　だ、だってアナタが怖いんですもの!!
　自然と敬語になるよ、そりゃ!!
「お、恐れ多いので……」
「はぁ？　タメ口でいいっつーの」
「は、はい……じゃなくて、う、うん！」
　ダメだ。この人の威圧感ヤバい。
　絶対勝てない。

「あと俺のことは拓磨でいいから」
「う、うん……」
　拓磨、なんて呼べるかなぁ……。
　怖くて呼べない気がする。
　でも、呼ばなきゃ殺されそう。
　だから、拓磨くんでいいかな……？
「今日からよろしく、美憂」
「な、なんで私の名前……！」
　私、自己紹介もなにもしてないよ!?
「手紙に書いてたじゃん」
「あ、ほんとだ」
　そういやクラスと名前書いたんだっけ。
「……ま、その前から知ってたけど、な」
「え？」
　小さな声で矢野拓磨……じゃなくて拓磨くんがなにかを言ったけど、よく聞こえなかった。
「なんでもない。それより寝かせて」
「え!?」
「おやすみ」
「ちょ、待っ……」
「……スースー」
　ウ、ウソでしょ？　寝るの早っ!!
　もう寝息立ててるし……。
　私はどうすればいいの？
　このまま拓磨くんが起きるのを待たなきゃいけないの!?

「だ、誰か……」
　あぁ、なんでこんなことになってしまったんだろう。
　矢野星司くんに告白するはずだったのに。
　なんで星司くんとは真逆の拓磨くんと付き合うことになっちゃったの。
　も〜！　私のバカ！
　——桐野美憂、17歳。
　完全に人生の道を踏み外してしまいました。

「あ、あの……」
　10分ぐらいして、私は声をかけた。
「うるさい」
　しかし、寝ぼけているのかどうなのか、そう言われてしまった。
　あんまりしつこく言うと殺されちゃいそうだから、このままそっとしておこう……。
　早くチャイム鳴らないかな……。
　——キーンコーン。
　あ、チャイム鳴った！　やった!!
「ん……」
「あ、あの、チャイム鳴ったよ……？」
「あぁ」
　拓磨くんは目をこすりながら起きあがる。
　その姿がなんとなく可愛(かわい)く見えて、キュンとする。
　……って、なんでキュンとしてるの！

この人は学校一の不良だよ？
甘いマスクには似合わず、人を殴ったりする人だよ？
怖い怖い。
「じゃあ、私はこれで……」
私は教室に帰ろうと立ちあがる。
でも拓磨くんに腕を掴まれた。
「なに帰ろうとしてんの」
「え……？」
「もう少し、そばにいてよ」
「えっ!?」
い、今なんて……？
そばにいてよ、って言った……!?
な、なんで!?
「え、っと」
――バタン。
「た・く・まー!!」
すると、急に屋上の扉が開かれ、誰かが入ってきた。
拓磨くんはその瞬間、腕を離した。
「チッ……来たか」
勢いよく屋上に入ってきたのは、クラスメイトの……。
名前はたしか、そう。
多田祐輝くん。クラスのムードメーカーで、女子から人気の男の子だ。
「拓磨やっぱりここにいたーって……美憂ちゃんじゃん！」
私に気づいた多田くんが声をあげる。

「なんでこんなところに!?」
「え、いや……」
いろいろありすぎて、なにから話していいのかわからない。
というか、なんでクラスのムードメーカーの多田くんが？
ふたりって仲よかったのか……。
「祐輝、俺、コイツと付き合うことになったから」
「……えっ!?　マジ!?」
「うるせぇな」
「だって……なぁ？　拓磨、美憂ちゃんのこと……ぶふっ！」
拓磨くんが慌てて多田くんの口を手で塞ぐ。
ど、どうしたんだろう？
今、私の名前が出たような……。
「私がどうかした？」
「美憂はなにも関係ないから」
「？……そう」
気のせいか。
あ、こんなことしてる場合じゃなかった！
「じゃ、私はこれで……」
「え、もう美憂ちゃん行っちゃうの？」
私が屋上の扉まで行くと、多田くんが言った。
「だって単位落としたら困るし……」
留年なんてしたらシャレになんないし。

「そりゃそうかー、美憂ちゃんは拓磨とは違って真面目だもんな」
「黙(だま)れ祐輝」
　このふたり、相当仲いいんだな。見っててよくわかる。
「じゃあ……」
　ゆっくり屋上の扉を閉めて、教室へと走った。
　はぁ、死ぬかと思った。
　いやてか、１回死んだようなもんだよ。
　だって、あの学校一の不良の彼女にされちゃったんだよ？
　私ってほんとツイてない……。
　なんでよりによって学校一の不良にラブレター拾われちゃったんだろ……。
　今さら、アナタのカン違いです、なんて言えないし。
　言ったらきっと殺される。
「はぁ……」
　立ち止まってため息をついた。
　もう、私の人生終わったも同然。
　矢野くん……星司くんに告白するなんてもうできない。
　さよなら……私の恋心……。
「美憂！」
「葵ちゃん……」
　教室に入ると、心配そうに葵ちゃんが駆け寄ってきた。
「体調、大丈夫？」
「体調は全然大丈夫、なんだけど……」

「え？」
「じ、実は……」
　私は葵ちゃんにさっきのことを話した。
　仮病を使って手紙を探しにいったこと、そしたら拓磨くんに手紙を拾われててカン違いされたこと……全部話した。
　私が話し終わったあと、葵ちゃんは恐ろしいものでも見たような顔をしていた。
「美憂、それ本気で言ってるの……？」
　葵ちゃんの問いかけにゆっくりと頷く。
「美憂……どうすんのそれ……」
「私だってどうすればいいかわかんなくて困ってるんだよ！　もう、泣きそう」
「ツイてない自分を恨(うら)むしかないね」
「そ、そんなぁ」
　いろいろ偶然が重なりすぎたんだよ。
　まず、星司くんと学校一の不良の拓磨くんが同じ苗字ってこと、そして拓磨くんにラブレターを拾われてしまったこと。
　こんなことってある!?
「葵ちゃん～助けてよぉ……」
「私には無理だわ」
「うぅ……」
　あぁ、神様。お願いだから時間を巻き戻してください。
　なんて願ったって無理なのはわかってるけど。

　でも、本当にヤダ……。

「じゃ、またあとでね」
　２時間目の始まりを告げるチャイムが鳴り、葵ちゃんは自分の席へと帰っていった。
「……はぁ」
　私も自分の席に着き、ため息をついた。
　今日、何回ため息つくんだろう。
　運の悪い自分がイヤになる。
「はーい、授業始めるぞー」
「きりーつ」
　数学担当の先生が教室に入ってきて、委員長が号令をかける。
「礼、着席」
　礼をして、着席したときだった。
　――バンッ。
　急に教室のドアが勢いよく開かれた。
　ドアの向こうにいた人物を見て息が止まりそうになった。
「ごめーん！　ちょっと遅刻しちゃった！」
　先生に、許して！とお願いする多田くん。
　そして……。
「お前は……矢野、拓磨か……？」
　拓磨くんだったから。
　先生が口にした名前を聞いて、教室は一気にざわつく。

そりゃそうだよ。
拓磨くんが教室に来るなんて、いつぶりかわからないほどだもん。
私はビックリしすぎて言葉が出ない。
なんで……なんで……いるの？
「あぁ、そうだけど」
「どうして急に……」
「俺が授業受けにきたらダメなワケ？」
拓磨くんは先生をギロッと睨(にら)む。
こ、怖い。
教室はシーンとしてるし、先生も若干ビビッてるみたいだし……！
「い、いや……そういうことではないが」
そして拓磨くんは教室の中を歩きだす。
どこ行くの？
……って、私の方に向かって歩いてきてない!?
ウソでしょ？　そんなワケないよね？
顔を上げると、拓磨くんは私の隣の席の藤永(ふじなが)くんの目の前にいた。
「ねぇ、席替わってくんない？」
「え……？」
え!?　せ、席替わってくんない!?
なに言ってるの!?
頭の中はさらに混乱し始める。
藤永くんと席替わるってことは、私の隣の席になるってこと、だよね？

なんで？　なんで隣に来るの!?

「矢野、お前の席はそこじゃなくてここ……」

「うるせぇ、黙ってろ」

先生の注意なんて聞こうともしない拓磨くん。

「席、替わってって言ってんの。わかる？」

「は、はいぃ……！」

藤永くんは慌てて立ちあがって、机の中の教科書や通学カバンを持って、本来の拓磨くんの席へと移動していった。

拓磨くんは藤永くんの席に満足そうに座る。

それを見てクラスメイトはみんな固まっている。

もちろん私も。

「ほら、早く授業始めてよ。センセ？」

「あ、あぁ……じゃあ教科書86ページを開いて――」

さすが不良くん。先生まで怖がらせるなんて。

というか、なんでわざわざ私の隣に来るの!?

絶対目合わせたらダメだ。

私は必死に授業を受けているフリをしようと、教科書をガン見した。

話しかけないでオーラを放とうと、教科書の問題をテキトーに解くフリをする。

が、しかし。

さ、さっきから横からの視線がすごいんですが……？

いやいやいや、まさかね。

てか、クラスのみんなにこの人と付き合ってるってバレたら、私どうなるんだろう。
　みんなにすごい目で見られそう。
　あぁ、お願いだから話しかけないで。
　お願いします神様……！
「教科書、開いてるページ間違ってるけど」
「っ！」
　拓磨くんに急に話しかけられて、私の体はビクッと震える。
　さ、最悪だ。話しかけられてしまった。
　私ってば、なにやってんの。
　なんでページ間違ってんの!?
　あぁ、もう私ってバカすぎる……。
　私のバカバカバカバカ……。
「ねぇ、聞いてんの？」
「あ……あぅ……」
　怖くて言葉が出てこない。
　というか、どんな反応していいのかわからない。
　私が話しかけられているのを見て、クラスメイトがざわつく。
「俺、教科書持ってきてないから、教科書見せて」
　あぁ、怖いよ。お化け屋敷なんかよりも全然怖いよ。
　誰か助けて。
「聞いてる？」
「う、うん、も、もちろん……！」
　イヤなんて絶対に言えない。言えるワケない。

　私が頷いたのを見て、拓磨くんは私の机に自分の机をくっつけた。
　ち、近い……！　近いです。
　む、胸がドキドキしてきた……。
「なに？」
　すると、拓磨くんがこっちを見ていた女の子に言った。
「な、なんでもないです!!」
　それを見たクラスメイトはみんな、慌てて前を向く。
　ダ、ダメだよ脅(おど)しちゃ……！
　なんて絶対に言えないけど、ね。
「アンタ、なんて顔してんの。変な顔」
「な……っ！」
　ア、アナタが怖いからビビッてるんだよ！
　変な顔って、それ、普通女の子に言う!?
「なに、怒ってんの？」
「お、怒ってなんかない、よ」
　ううん、ちょっと怒ってるよ！
　変な顔ってなに!?　変な顔って！
「ふぅん」
　し、しかも、ふぅんって……。
　なんかちょっとムカつくなぁ。
「――じゃあ、この問題を桐野に解いてもらおうかな」
「……え!?」
　ちょ、全然聞いてなかったよーっ!!
　どうしよう……。

「問４の答えは？」
「え、えっと……」
　しかも私、数学ニガテなのに……。
　な、なにこの問題……!?　見ても全然解き方すらわかんないよ……。
「√２」
　困っていると、拓磨くんが言った。
「お、矢野、正解だ」
　先生は嬉(うれ)しそうに黒板に答えを書く。
　え？
　え？？
　えぇーっ!?
　こ、この人、正解してる……。
　授業にほとんど出てないくせに。
　なんで？　頭いいの……？
「こんな問題もわかんないんだ」
「…………」
　どうせ私なんてバカですよーだ……。
　あぁ、神様ってなんて不公平なの。
　こんな自由に生きてるこの人に、こんな容姿と頭のよさを与えるなんて。
　不公平すぎるよ！
　私なんて平凡中の平凡で、なんの取り柄もないのに！
「はぁ……」
　まただ、ため息。

　幸せがどんどん逃げていく……って、もう逃げる幸せすらもないか。
「ため息なんてついてどうしたの？」
「なにもないよ」
　アナタのせいでしょーがっ！
　もうほんとありえない！
　私にもう少し勇気があったら……言い返せたのにな。
　あぁ、早く授業終わってください。
　もう耐えられないよ。
　緊張と怖さで全く落ち着かない。
　手も震えて止まらない。
「アンタ、手震えてる」
「っ」
　き、気づかれた……。
　ていうか、この人のせいなんだけど。
「寒い？」
「え……？」
「寒いのって聞いてんの」
「あ、う、うん……」
　寒いってことにしておけばいっか。
　実際、今日は風が強くてちょっと肌寒いし。
「ふぅん」
「…………」
　まただ。
　聞いておいてその反応……。

またちょっとムカついていると、急に手に温かいものが置かれた。
見ると、私の手の上にはカイロがあった。
これ……拓磨くんのカイロ……？
「え……」
「やる」
「で、でも……」
「寒いかなって思って持ってきたけど、やっぱりいらないからやるよ」
い、いいのかな……？
あとで大金請求されるとかない……よね？
「ほ、ほんとにいいの？」
「いいって言ってんじゃん」
ひいぃ……！　こ、怖い……！
「じゃ、じゃあ……も、もらうね」
私はカイロをギュッと握りしめた。
すごく温かくて、冷えた手がじんわり温かくなる。
あったかい……。
拓磨くんって意外と優しい……のかな？
拓磨くんの方をチラッと見ると、目が合ってすぐにそらした。
なんでだろう、恐怖なのかなんなのか、胸がキュウってした。
「なにこっち見てんの？」
拓磨くんが鋭い目つきで聞いてくる。

や、優しいって思ったけど、やっぱり怖い！

「あ……いや……その……カイロ、ありがとう」

どもりながらお礼を言うと、私から目をそらして前を向いた。

「……別に、いらないからあげただけだし」

ぶっきらぼうにそう言った拓磨くんの顔は少し赤い気がした。

「あの……顔赤いけど、熱でもあるんじゃ……」

「うるせぇな。熱なんてねぇよ」

拓磨くんの口調が急に悪くなるから、私はビビッて黙る。

「あっ……そ、そっか」

本人がそう言うなら放っておこう……。

――キーンコーン。

すると、授業の終わりのチャイムが鳴った。

「はーい、じゃあこれで授業終わりまーす」

そして２時間目の授業を終えた。

「ふぅ……」

私は深呼吸をして、教科書を机の中に片づける。

「アンタ、今日よくため息つくな」

机にへばりついて、私に言った。

「さっきのは深呼吸だよっ」

「ふぅん」

まただ……そんな反応しないでよ……。

返事に困るし。

私、こんな人の彼女としてやっていけるのかな……。

「……悪くないかもな」
「え？」
　拓磨くんの言葉に首を傾げる。
“悪くない”ってなに……？
「アンタの隣で授業受けるのも、悪くないなってこと」
「……は!?」
　ど、どういうこと!?　え!?
　私の頭の中は混乱し始める。
「なに、その反応」
「え……いや」
　私の隣で授業受けるのも悪くないって、一体どういう意味……？
　私なにかしたっけ？
　バカにされた記憶しかないんだけど……？
「たまには授業に出ることにしたから。俺がいつ授業受けにきても大丈夫なように、教科書持ってきておいて」
「え!?」
　た、たまには授業に出るって……。
　しかも教科書持ってきておいてって……。
　またさっきの授業のような地獄が!?
　ウ、ウソでしょ……。
「返事は？」
「は、はい……」
「次の授業なに？」
「え、っと……現代文、かな」

　私の答えを聞いた瞬間、険しい表情をした。
「寝る」
　そして机に伏せてしまった。
　現代文、あんまり好きじゃないのかな？
　まぁ寝てくれた方が嬉しいからなんでもいいけど……。
　私は自分の席から離れて、葵ちゃんの席へ。
　葵ちゃんは次の授業の準備をしていた。
「葵ちゃーん……」
「あら、不良くんの彼女の美憂じゃないの」
「も、もう！　からかわないでよ〜……しかも他の人に聞こえたらどうすんの！」
　一応まだ、私が拓磨くんと付き合ってるってみんなにはバレてないはず。
　バレたらどんな目で見られるかわかんないし。
「はは、矢野拓磨が授業に出るなんてまさかの展開ね。今までほとんど授業に出なかったのに」
「うん……ビックリしたよ……」
「やっぱり彼女と一緒に授業受けたかったんじゃないの？」
「もう、葵ちゃんってば……」
　絶対面白がってる。
　私はこんなに落ちこんでるっていうのに！
「み・ゆ・うちゃーん！」
　急に誰かに肩を叩かれた。
　その声の主は……。
「あ、多田くん……」

　キラキラと眩(まぶ)しい笑顔を見せる、多田くんだった。
「あ、葵ちゃん!!」
　多田くんは葵ちゃんを見るなり、目を輝かせた。
　そして葵ちゃんの手を取ってブンブン振る。
「葵ちゃん、同じクラスなのに話すの初めてだよね！　1回お話してみたいって思ってたんだ！」
「は、はぁ……」
　多田くんのテンションに困惑している葵ちゃん。
　多田くん、テンション高いな……。
　どうしたんだろう？
「ねぇ葵ちゃん、連絡先教えてー！」
「ごめん、私そういうのニガテなの」
「え!?」
「というか、男子がニガテなんだよね。だから……ごめんなさい」
　葵ちゃんは軽く頭を下げた。
　そうだ、葵ちゃんは男ギライなんだ。
　過保護なお兄ちゃんが3人もいて、そのせいで男子がキライになったって言ってたな……。
「そ、そんなぁ……お願い！　ね？」
「無理です」
　即答した葵ちゃんに残念そうに下を向く。
「……よし！　決めた！」
　顔を上げた多田くんの表情はキリッとしていた。
「葵ちゃんに認めてもらえるように、俺、頑張るから！」

「え？」
「葵ちゃん、よろしくね！」
　真っ直ぐに葵ちゃんを見つめる多田くん。
　そんな多田くんに葵ちゃんはため息をついた。
「それはそうと、美憂ちゃん、ビックリしたでしょ？」
「え？」
「拓磨だよ、拓磨！　アイツが授業受けるなんてビックリだろ？」
「うん……ビックリしすぎて言葉が出なかったよ……」
　なんていうか……驚きと焦りと恐怖が同時に来て、混乱した。
　だって、まさかあの拓磨くんが授業に出るなんて、思いもしなかったんだもん。
「今までは俺が無理やり誘わないと出なかったくせに、拓磨が急に自分から『授業に出る』って言いだすからさ、俺もビックリだよ」
「そうだったんだ……」
　どうして急に授業に出る気になったんだろう？
　よくわからない人だな……。
「ま、これから拓磨、授業に出る気になったみたいだから、お世話してあげてね！」
「えっ!?」
　お、お世話って……。
「拓磨のこと頼んだよ、彼女さんっ！」
「…………」

　そうだ、私はあの人の彼女になったんだ……。
　あれはただの悪い夢だったんじゃないかって今でも思う。
　でも、現実なんだ……。
　あぁーっ！　私のバカバカーッ！
「どうかした？」
　自己嫌悪に陥っていると、多田くんが私の顔を覗きこんだ。
「う、ううん！　ま、任せて！」
　神様……どうか私をお助けください。

リンゴ好きの拓磨くん

「……ふぅ」
　ようやく４時間目を終え、昼休みになった。
　私は教科書を机の中に入れる。
　お昼ごはんだ！
　葵ちゃんと食べようと思って、リンゴたくさんむいてきたんだよね！
「行くよ」
　拓磨くんは私の腕を掴んで立ちあがった。
「え？」
“行くよ”ってどこへ……？
「なにその顔。カレカノなんだから昼飯ぐらい一緒に食べて当然でしょ」
「……!?」
　ウ、ウソ。
　昼休みもこの人と過ごさなきゃいけないの!?
　そ、そんなのヤダよぉ……葵ちゃんと一緒にごはん食べたいのに……。
　……なんて言えたらどれほどいいか。
「ほら、ボーッとしてないで行くよ」
「う、うん……っ」
　慌ててカバンからお弁当箱を取りだし、拓磨くんについていった。

着いたのはひと気のない屋上だった。
屋上に入ると、拓磨くんは腰を下ろした。
私も少し距離をおいて隣に座った。
「購買行ってくる」
「う、うんっ」
拓磨くんは立ちあがって屋上を出ていった。
「はぁ……あ、葵ちゃんになにも言わずに来ちゃった……」
葵ちゃん、今ごろ私を探してるかもしれない。
よし、拓磨くんが購買に行っている間に言いにいこう。
屋上を出て、私は早歩きで教室に戻った。
教室に入ると、葵ちゃんは多田くんと話していた。
「ねぇ、葵ちゃん！　一緒にごはん食べようよ〜」
「イヤです」
「お願い！　一生のお願い！」
「絶対ヤダ」
多田くん、葵ちゃんにめっちゃお願いしてる……。
……あ、そうだ！
「葵ちゃん、私……今日から拓磨くんとごはん食べることになって……だから、多田くんと食べたら？」
私は笑顔でふたりの間に入ってそう言った。
このふたり、結構相性いいと思うんだよね。
だから多田くんを応援したくなったんだ。
多田くんと関わっていく中で、葵ちゃんの男ギライも克服されるかもしれないし。
「ちょ、美憂なに言って……っ」

「ほら、美憂ちゃんもこう言ってることだし。ね？」
　多田くんは嬉しそうに葵ちゃんの手を握る。
「じゃ、私はこれで……」
「み、美憂！」
　葵ちゃんの言葉に振り返らず、教室を出た。
　さてと、さっさと屋上に戻らなきゃ。
　また早歩きで屋上へと向かった。
　すると、屋上へと続く階段の下で誰かに肩を叩かれた。
「桐野さんっ」
「へ？」
　振り返るとそこには頬を赤く染めるクラスメイトの男の子がいた。
　名前は……わからない。
　私、人の名前覚えるのニガテだからな……。申し訳ない。
　男の子は少しモジモジしている。
「どうしたの？」
　少し心配になって私は顔を覗きこむ。
　するとまたさらに顔を赤くした。
「あ、あの……っ！　こ、これ、受け取ってください！」
　男の子が私に差しだしたのは、封筒に入った手紙だった。
「え？」
「ぼ、僕、実は……桐野さんのことが……す、好きなんです……！」
「え？」
「なにしてんの？」

　男の子の声に被せて背後から声が聞こえた。
　振り返ると、そこには不機嫌な表情の拓磨くんがいた。
「あのさ、こういうのやめてくれない？」
　拓磨くんは私の手から手紙を取ると、男の子に手紙を渡す。
「あの、ぼ、僕は……っ」
「早く……よ」
　男の子の言葉に小さな声でなにか言った。
「え？」
「失せろっつってんのが聞こえねぇの？　さっさとどっか行けよ」
　急に大きな声で怒鳴るから私の体はビクッとする。
　男の子もビビッた様子でその場から去っていった。
「…………」
「…………」
　私と拓磨くんの間には沈黙が漂う。
　ど、どうしよう？　なにか言わなきゃ……。
「あ、あの……」
「アンタ、バカなの？」
「え、え？」
「なに告白なんかされちゃってんの」
　不機嫌オーラを放つ拓磨くんの表情からは、なにを考えているのかよくわからなかった。
「そ、それは……」
「なんで彼氏がいながら他の男のラブレターなんて受け取

るかな……ほんとバカ」
　そうだ、さっき男の子が私に渡したのはラブレターだったんだ。
　勇気を出して私に渡してくれたのに、それを返してしまった。
　私の心は罪悪感でいっぱいになる。
　私なんて……告白しようって決めて全然告白に踏みだせなかったのに、あの男の子は頑張って一歩踏みだそうと私にラブレターを書いてくれたのに……。
　それを突き返すなんて……。
　――パシン。
　私は思わず、勢いよく、拓磨くんの頬を叩いた。
「なんで……あんなことしたの！」
「……っ」
「あの男の子はきっと勇気を振り絞って、私にラブレターを書いて渡してくれたのに……！　それを、あんなふうに返すなんて……っあ、ありえない……！」
　私は自分が大きな声で怒鳴ったことにビックリした。
　しかも学校一の不良相手に。
　言ってから、後悔した。
　あぁ、私もう殺されるかもしれない。
　私が死んでも……お父さん、お母さん、おじいちゃん、おばあちゃん、葵ちゃん……そして星司くん。
　みんな元気でね……。さっきの男の子……ごめんね。
　私、アナタを尊敬するよ。

好きな人に好きって伝えるなんて、私にはできなかったよ。

私を好きになってくれて、ありがとう……ね。

死を覚悟してそう神様に唱えたときだった。

「……へぇ、面白いヤツだな、アンタ」

そんな言葉が聞こえて、拓磨くんを見ると、ニヤッと笑っていた。

私の背筋は凍ったようにヒンヤリする。

ヤ、ヤバい。

これは本当に殺されるパターン……。

「なに怯(おび)えてんの？　言っておくけど俺、女には手出したりしないから」

「え……？」

じゃあ私、まだ生きていられるってこと？

よ、よかったぁ……。

「とくにアンタには、な」

「……？」

「彼女を殴る彼氏なんて、サイテーでしょ？」

無表情でそう言った拓磨くんに、少し胸が高鳴った。

彼女、か……。

「あ、ありがとう……」

「は？」

「私ってば、てっきり殴り殺されるって思っちゃって……ごめんなさい」

「……俺だって、勝手に妬(や)いて悪かった」

「え？」
　拓磨くんが小声でなにか言ったのが聞こえた。
　焼いた？　なにを……？
　でもとにかく、謝ってくれた、よね？
「なんでもない」
　まぁ、いっか。
「さっさと飯食べよう」
「う、うん！」
　拓磨くんって思ってたよりも、怖い人じゃないのかもしれない。
　もっとすぐに人を殴ったりするのかと思ってた。
　少し口が悪いところもあるけど……でも、悪い人じゃない気がしたんだ。
「いただきます」
　手を合わせて、お弁当を食べ始める。
　私の隣で拓磨くんは購買で買ったパンを頬張る。
「……それ、自分で作ったの」
「え？」
「弁当」
「あ、うん！　うちのお母さん、朝勤が多くて……。料理好きだからいいんだけどね！」
　お父さんは単身赴任、お母さんはパートの早朝の勤務が多いから、朝ごはんとお弁当は弟と交代で作るようにしている。
「へぇ、なんか意外」

「えへへ、よく言われる。『料理とか全然できなさそう』って」

たしかに私はドジだけど、料理ぐらいはできるもんね！

弟もそれなりに料理できるし。

「それ、ちょうだい」

拓磨くんが指さしたのは、葵ちゃんと食べようと思っていたリンゴの入ったタッパーだった。

「あ、うん！　どうぞ！」

タッパーのフタを取って、拓磨くんに差しだす。

すると拓磨くんはパクパクとリンゴを食べる。

「リンゴ、好きなの？」

「まぁ」

へぇ、リンゴ好きなんだ。

なんか可愛いなぁ。

なんて考えると思わず笑顔がこぼれる。

「なに？」

「ううん、なにもないよ」

拓磨くんは次々とリンゴを食べていく。

「ウサギって、なんかアンタみたいだな」

ウサギのカタチに切ったリンゴを見つめて、拓磨くんが言った。

「そ、そうかな？」

「ビビりなところとか、小さいところとか」

「うっ……」

ビビりなのも小さいのも、たしかに間違ってはないんだけど……。

　でも、小さいのはすっごく気にしてるのにぃ……。

「なんで顔ふくれさせてんの？」

「べ、別になにもないもんっ」

　185センチはありそうな長身の拓磨くんには私の気持ちなんてわかんないよ。

　身長150センチもあるかないかぐらいの私の気持ちなんて。

「もしかして小さいの、気にしてた？」

「違うもん……」

　拓磨くんはフッと笑って、私の頭に手を置いた。

「あ、あのっ」

「俺は小さい方が好みだけど？」

「……っ」

　拓磨くんの言葉に心臓が爆発しそうなぐらい、ドキドキする。

　胸が熱くて……その熱は全身に広がっていく。

「あ、あぅ……」

　なんて言ったらいいのか……わかんないよ……。

「その、別にアンタのこと……、褒(ほ)めてるワケじゃねぇから……」

　拓磨くんの目を見ると、拓磨くんはフイッと目をそらしてそう言った。

　私が気にしているのを、フォローしてくれたのかな？

「あ、ありがとうっ！　フォローしてくれて……」

　笑顔でそう言うと、拓磨くんは一瞬こっちをチラッと見て、また目をそらした。
「そんな顔でこっち見んな……バカ」
「へ……？」
　私、今、変な顔してた？
　ウ、ウソ!?
「ごっ、ごめんなさいっ」
「別に怒ってねぇし……つか、早く弁当食えよ」
「う、うんっ」
　拓磨くんの言葉で私はお弁当を食べるのを再開する。
　てか、拓磨くんって普段は口調優しいのに、なんか急に口調悪くなったりするときあるよね。
　どういうときに悪くなるんだろう……？
　ムカついたときとか？
　だとしたら、私、拓磨くんを怒らせちゃった……？
　ひえぇ!!　き、気をつけないと。
「ご、ごめんなさい……」
「なにが？」
　謝ると、拓磨くんは首を傾げた。
　お、怒ってない？
　それならよかった……。
「ううん！」
「変なの」
　拓磨くんはまたフッと笑った。
　その笑顔に思わず胸が高鳴る。

基本、無表情の拓磨くんが笑うと、なんだかキュンとするんだ。
「ごちそうさまでした」
手を合わせると、お弁当箱をしまう。
「リンゴ、さんきゅ」
「うん！　また、持ってくるね！」
「…………」
私が笑顔で言うと、拓磨くんはなぜか黙りこんだ。
「あ……もしかして、迷惑、かな？」
「……いる」
「ふふ、よかった！」
リンゴ、結局、私はふた切れぐらいしか食べてないけど、拓磨くんがおいしそうに食べてくれたからよかった。
……って、私、拓磨くんにビビッてたのに、普通に話せてる……？
拓磨くんへの恐怖心が少し薄れた気がする。
気のせい、かな？
拓磨くんの後ろについて、教室に帰る。
私の頭の中は拓磨くんで埋め尽くされていた。
拓磨くんって昔から不良だったのかな……？
拓磨くんはなにを考えているのかな？
拓磨くんはなんで私と付き合ったのかな？
謎ばかりで頭が爆発しそうだ。
「きゃっ！」
うーん、と考えていると、私は下りの階段のところで足を踏み外した。

「っ！」

そして、コケはしなかったけど、前にいた拓磨くんの背中に抱きついてしまった。

「ご、ごごご、ごめんなさいっ!!」

わ、私ってばなんて大胆なことを……っ！

私の頬は熱を帯びる。

「……急に抱きついてくるなんて大胆なヤツ」

「ち、違うよ！　か、階段を踏み外しちゃって……」

「気をつけなよ」

「う、うん……ごめんなさい……」

拓磨くん……優しい匂いがした。

なんて言ったら変な人みたいだけど、本当に優しくて安心できる匂いがしたんだ。

教室の前に着くと、私と拓磨くんは立ち止まった。

なに……この人の量……。

驚いていると、その大勢の中のひとりが拓磨くんを指さした。

「あの人じゃない!?　ウワサの矢野拓磨……」

「ウソ！　思ってたよりカッコいいんだけど！」

そんな声が聞こえて納得する。

きっと、この人たちは、ウワサを聞きつけて拓磨くんを見にきたんだ。

それにしても人多すぎじゃない？

「行くよ」

拓磨くんは不機嫌そうな顔をして、その人の群れに入っていく。
「ウゼェから散れよ」
拓磨くんのひと言で、その人の群れは去っていく。
す、すごい……。
ひと言でこんなにもたくさんの人が動くなんて……。
「なにしてんの、入らないの？」
「は、入る！」
驚きで立ち尽くしていると、拓磨くんに腕を引かれた。
教室に入ると、葵ちゃんが駆け寄ってきて、私を教室の隅へ連れていった。
「ちょっと美憂！　なにしてくれちゃってんの！」
葵ちゃんが私の両肩を掴むから驚く。
なんの話だろう……？
「え？」
「多田くんよ！　た・だ・く・ん！」
「あぁ！　どうだった？　楽しかった？」
「楽しかった!?　そんなワケないでしょ！」
なんて言いながらも、葵ちゃんは顔を赤く染めている。
「楽しかったようでなによりだよ」
「ちょ、美憂、私の話ちゃんと聞いて……」
「葵ちゃーん！　昼休み、楽しかったねっ」
ウワサをすれば、多田くんが葵ちゃんに後ろから抱きついた。
「だからくっつかないでって言ってるでしょ！」

「葵ちゃんいい匂いするんだもん〜！」
「やめて！　ヘンタイ！」
　ふたりのやりとりは見てるこっちまで幸せになる。
　よかった、仲よくなれたみたいで。
「それはそうと、美憂はどうだったの？」
「へっ!?」
「矢野拓磨との昼ごはん」
「え、えっと……」
“俺は小さい方が好みだけど？”
　拓磨くんのセリフを思い出して、また胸がドキドキし始める。
「ま、まさか、なにかされたの!?」
「そ、それはないよ！　ふ、普通にごはん食べただけだよっ」
　ごめんなさい、葵ちゃん。
　普通にごはん食べただけって言ったら、ウソになるんだけど……でも、恥ずかしくて言えるワケないよぉ……。
「ふぅーん？　それならいいんだけど……」
　葵ちゃんはカンが鋭いから怖い。
　今も疑いの眼差しを向けてきてるし……。
「なんかあやしーいっ！」
　多田くんがニヤニヤしながら言った。
　多田くんまで……。
「ほ、ほんとだってばぁ……」
「ま、拓磨に限ってそれはないか」
　多田くんが納得したようにうんうんと頷く。

「え？」
「拓磨は結構オクテだから好きな子を目の前にすると、手出せな……んぐっ！」
「おい、祐輝。余計なこと言ったらぶっ殺すよ？」
　いつからいたのか、拓磨くんが多田くんの口を手で塞いだ。
「ごめんごめん」
　拓磨くんがオクテだとか好きな子だとか、多田くんがなにを言ってるのかよくわからなかった。
「美憂、さっきの祐輝の言葉気にしなくていいから」
「う、うん……？」
　拓磨くんがそう言うなら気にしないでおこう。
「ほら、もうすぐ授業始まるし、席に戻るよ、美憂」
「うんっ」
　拓磨くんの言葉で私は自分の席へと戻った。

　——放課後。
　私は教室を見渡して、あの私に告白してくれた男の子を探す。
「あ……」
　男の子は教室の一番後ろの隅っこの席にいた。
　あそこの席だったんだ……。
　私は男の子に駆け寄る。
「あの……っ」
「あ、桐野さん……」

「さっきはなにも言えなくてごめんね。私を好きになってくれて、本当にありがとう」
　ニコッと微笑んで私は自分の席へ帰ろうとする。
　が、男の子に制服の袖を掴まれた。
「僕は……桐野さんのそういう、優しいところが好きだよ」
「優しい、かな？」
　自覚はないけど、そう言われるとなんか照れる。
「うん、桐野さんは優しいよ。よかったら……これから、友達としてよろしくね」
「うん、もちろんだよ！　よろしくっ！」
　私は男の子と手を握り合った。
「じゃ、また明日ね！　えっと……」
「僕、戸田(とだ)っていうんだ」
　私が名前を知らないとわかったのか、男の子……戸田くんはそう言った。
「戸田くん……！　また明日ね」
　笑顔で戸田くんに手を振った。
　自分の席に戻り、帰る準備をする。
「彼氏がいるってのに、他の男に笑顔振りまくなんてどういうつもり？」
　拓磨くんが隣でそう言った。
「笑顔なんて振りまいてないよ！　戸田くんと、お友達になってただけだよ」
「へぇ、お友達ねぇ」
　呆(あき)れた様子で拓磨くんは頬杖をつく。

なんでそんな呆れてるの？

私なんか悪いことでもしたかなぁ……。

「拓磨くん、じゃあまた明日ね」

帰る準備ができた私は、立ちあがって拓磨くんに言った。

「は？」

そんな私に拓磨くんは声を漏(も)らす。

「え？」

「カレカノなんだから、一緒に帰るでしょ、普通」

「……え!?」

い、一緒に帰る……？　ウ、ウソでしょ？

拓磨くんはカバンを持つと、立ちあがる。

「帰るよ」

「う、うぇ!?」

腕を引かれて、学校を出る。

「美憂、家どこ？」

「えっと……東町３丁目……」

「送ってやる」

「で、でも……」

私の家、遠いよ？

学校から学校の最寄り駅まで徒歩10分、電車に乗って20分、家の最寄り駅から徒歩30分だよ!?

そんなの送ってもらうなんて、申し訳ないとかのレベルじゃないよ！

「俺の家も東町だし」

「え、そうなの？」

「あぁ」
　知らなかった……私と同じ町から通ってる人、同じ高校でほとんど見ないから、驚きだ。
「ついでに送ってやるだけだから」
「あ、ありがとうっ」
「別に」
　なんだか少し、親近感わく！
　でも、電車で拓磨くんを見かけたことないなぁ。
　というか、さっきから周りからの目がすごい。
　めちゃくちゃ見られてる。
　そりゃそうか、ウワサの矢野拓磨がいるんだもんね。
　てか、私、彼女って思われちゃってるかも!?
　ヤバい、そのことすっかり忘れてた。
　彼女って思われたらマズい。
「あ!!　わ、私、筆箱を教室に忘れちゃったかも！」
「え？」
「だから、先に帰ってて！」
　私はそう言って、学校の方へ引き返そうとする。
　でも拓磨くんが私の腕を掴んで阻止した。
「なら、俺もついていく」
「えっ」
　そ、それじゃ意味ないじゃん！
　ど、どどど、どうしよう……。
「や、やっぱり筆箱忘れてないかも！　あはは……」
「なんだよそれ」

「あ、今日駅前のクレープ屋さん、半額だ！　寄って帰ろうかな～」
　これならさすがについてこないはず……。
「俺も行く」
　ウソでしょ……？
「そんな、私に付き合わせるなんて申し訳ないし……」
「彼女が行きたいところなら、どこでも連れてってあげるに決まってんじゃん」
「……っ」
　そうだ、拓磨くんは悪い人じゃない。
　みんなが思ってるほど怖くもないし、優しい人だ。
　だから……正々堂々としていればいいんだ。
　みんなの拓磨くんのイメージを変えればいいんだ。
　……私もまだ少し、怖いって思ってるけど。
　でも拓磨くんは本当は悪い人じゃないんだって、みんなに教えてあげたらいいんだ。
「ほら、さっさと行くよ」
「……うん！」
　私もまだ、拓磨くんのことをそんなに知らない。
　これからどんどん知っていこう。
　なんでかな？
　拓磨くんのこと、もっと知りたいって思ったんだ。
　駅に着き、改札に入ろうとすると拓磨くんが私の腕を引いた。
「え？」

「クレープ、食べないの？」
　クレープ屋さんの方向を指さす拓磨くん。
　……あ、そうだった。
　でも私……。
「私、お財布忘れてきちゃったから、やっぱりいいや」
　はぁ、クレープ、とっさについたウソだったけど、本当に食べたくなってきた。
　なのに、なんで私、お財布持ってくるのを忘れちゃったかなぁ……。
　今日はいらないやって、部屋の机に置いてきちゃったんだよね。
「……じゃ、奢(おご)ってやる」
「え!?　そ、そんな、いいよ！」
　拓磨くんの言葉に私は驚く。
　お、奢るって……恐れ多いというか、そもそも今日初めて話した相手にお金を使わせるなんて、なんか気が引けるっていうか……。
「ほら、行くよ」
「ちょ、た、拓磨くん！」
　拓磨くんは強引に私の腕を掴んで、クレープ屋さんの方向へ連れていった。
「どれがいいワケ？」
　クレープ屋さんのメニューを指さし、聞いてきた。
「本当にいいの……？」
「クレープひとつぐらい、別にいいよ。しかも半額だし」

　拓磨くんが少し微笑むから、また私の胸はキュンとする。
「じゃ、じゃあ、これで……」
　私はアイスとイチゴとバナナの入ったクレープを指さした。
「すみません、これください」
　拓磨くんが店員さんに注文してくれる。
「はい、お待たせしました」
　店員さんからクレープを受け取って、私に渡した。
「はい」
「あ、ありがとう！」
「別に」
　笑顔を向けると、拓磨くんは目をフイッとそらした。
「いただきます……！」
　近くにあったベンチに座り、クレープを食べる。
　あぁ、やっぱりここのクレープはおいしいなぁ。
　いくら食べても飽きない。
　葵ちゃんとふたりのお気に入りのクレープ屋さんなんだ。
「……美憂、おいしそうに食べるな」
「だっておいしいんだもんっ！　ここのクレープ、大好きなんだぁ」
「へぇ」
「拓磨くんは食べないの？」
　なんか私だけおいしいもの食べて、申し訳ないなぁ。
「じゃ、ひと口ちょうだい」

「へ!?」

　拓磨くんは私がクレープを持っている方の腕を掴んで、クレープを食べた。

　そして、ペロッと自分の唇を舐めた。

　その姿に私の顔はカアァと熱くなる。

　こ、これはもしかして……。

　か、かかかか、間接……キス、では……？

「ん、うまいな」

　拓磨くんが間接キスを気にしている様子はない。

　平然としている拓磨くんとは違い、私は恥ずかしさで動けない。

「……美憂？」

　拓磨くんが心配そうに私の顔を覗きこむ。

「あ、うぅ……」

「なんでそんな顔真っ赤にしてんの？　もしかして、間接キス、意識してる？」

　拓磨くんはイジワルな笑みを浮かべた。

「っ！」

　もしかして拓磨くん、わざと……？

「やっぱりそうなんだ」

「ち、違うよぉ……」

「フッ、間接キスぐらいで顔真っ赤にしてどうすんの」

　そうだよ、私は恋愛経験なんてないですよーだっ。

　彼氏なんてできたこともないし、男の子と放課後にどこかに行ったりするのも初めてだもん。

「これから先、もっと恥ずかしいことするかもしれないのに、いちいちそんな反応してると、いつか死ぬよ？」
「!?」
　は、恥ずかしいこと!?　な、なにそれ!?
「あ、また赤くなった」
「だ、だって……その、は、恥ずかしいことって……、なに……？」
「さぁな？」
　私の反応を楽しむように、イジワルに微笑む。
　混乱していると、拓磨くんは私にグッと顔を近づけた。
「……大人のキス、とか？」
　そして耳元で甘くそう囁(ささや)いた。
「おっ、おっ、大人の……!?」
　いくら無知な私でも、お、大人のキスぐらいはわかる。
　拓磨くんの言葉を理解した瞬間、私の顔はまた熱くなる。
「ぷっ、やっぱり美憂は面白いな」
　拓磨くんは堪(こら)えきれなくなったのか、吹きだす。
「……ふぇ!?」
「冗談だよ、冗談。美憂があまりに純粋だからからかっただけ」
「な、なんだぁ〜……」
　もう、すごく焦ったのにぃ……。
　純粋ってよく言われるけど、みんながその……いろいろ知りすぎなんだよっ！
　私、そういうの全くわかんないし……。

「なに、俺との大人のキス、期待した？」
「しっ、してないよっ！」
　たしかに私と拓磨くんは付き合ってるけど、お互いに恋愛感情があるワケではないし、ね？
　拓磨くんは私が拓磨くんのこと好きだって思ってるだろうけど……。
　私の本命は、星司くんだもん。
　もう叶わなくなったに等しい恋だけど、想うだけならいいよね。
「ま、俺と美憂は付き合ってるんだし？　いつかはするかもよ？」
「うっ……」
　拓磨くんを好きなフリをしなきゃ……。
　拓磨くんの機嫌を損ねたら、なにされるかわかんないし。
　殴ったりしないって言ったけど、一応……不良くんだし、万が一のことがあったら困る。
「別に俺は、今からでも全然ＯＫだけど？」
　い、今から!?
　ど、どどど、どうしよう!?
「まっ、まだダメだよ……っ！」
　私が必死に考えた答えはこれ。
　これなら拓磨くんもなにもしてこないよね？
「はは、冗談だっての。美憂がいいって言うまでする気はないよ」
　拓磨くんは笑って、私の頭をポンポンと撫(な)でた。

……なんでだろう。
「拓磨くんに頭撫でられると、すごく安心する」
「……っは!?」
「……って、私ってば変なことを……！　ご、ごめんね！」
でも、不思議で仕方ない。
最初はあんなに怖かったのに、たった１日でこんなにも拓磨くんと一緒にいることに慣れちゃってる……。
「……ったく、そんな無防備なこと言ってると、いつか絶対襲われるよ」
「お、襲われる？」
どういう意味だろう？
人がクマとかに襲われるみたいな意味？
私クマに襲われるの!?
「私、死にたくないよ!!」
「あぁーもうなんでもない！」
ため息をついて、呆れた様子の拓磨くん。
な、なんで呆れてるの!?
「あ、あの……？」
「うるさい」
「ご、ごめんなさいっ……」
拓磨くんがこっちを睨むから、反射的に謝った。
「はぁ、別に謝らなくていいから」
「う、うん……」
やっぱり拓磨くんは怖い。
睨むだけで人を殺せそうだもん。

怖さで少し涙ぐむ。
「ほら、そんな顔すんなって。俺が目つき悪いのは生まれつきだし」
はぁ……とため息をついて、拓磨くんは少し泣きそうになった私の頭を撫でた。
「ごめんなさい……」
「また謝った」
「ごめ……じゃなくて、う、うん……」
「ほら、さっさとクレープ食って帰るよ」
私はクレープをまた食べ始める。
「美憂って、俺を振り回してばっかだな」
「え？」
私がいつ、拓磨くんを振り回した……？
「その顔だと、自覚ないんだな」
「うん……」
どちらかっていうと、拓磨くんの方が私を振り回してる気が……。
「今日１日で、美憂のこと知れた気がする」
「わ、私も……！　拓磨くんのこと、ちょっと怖いな……なんて思ってたけど、でも本当は優しい人なんだってわかったよ」
「なんだよそれ……たしかに、今日出会ったときは震えてたのにな」
「た、拓磨くんがカイロくれたから……少し、落ち着いたんだよ」

ポケットからカイロを取りだす。

まだあったかくて、手にじんわり温かさが広がる。

完全にではないけど……恐怖心が薄れたのは事実だ。

「あったかい……」

「寒いのによくアイスの入ったクレープなんて食えるな」

「だっておいしいんだもん！」

「へぇ」

「てか、拓磨くん寒いの？　じゃあカイロ返すよ！」

拓磨くんの膝(ひざ)の上にカイロを置く。

「いいよ別に」

拓磨くんはカイロを返そうとするけど、私は拓磨くんの手を掴んでそれを止める。

「もともと拓磨くんのだし、ね？」

「……手、冷たいじゃん」

拓磨くんに言われて、私は慌てて手を引っこめる。

たしかに私もちょっと寒い……でも、家までのガマンだし。

私はクレープを口の中に押しこんで、立ちあがった。

「借り物は返さないとね！　って言っても、私が使ったやつだけど……」

「……ったく」

拓磨くんは諦めたのか、ブレザーのポケットに入れた。

「手、貸して」

「え……？」

私が頭の上にハテナを並べていると、私の手を取って、さっきカイロを入れた方のポケットに拓磨くんの手も一緒に入れた。
「これならふたりともあったかいでしょ」
「え、え、え!?」
　な、なんかカレカノみたい……っていうか実際そうなんだけど!!!
　でも、仮にも私と拓磨くんはお互いに恋愛感情はないんだし……？
「帰ろ」
「ちょ、拓磨くんっ」
「はいはい」
　拓磨くんは私の言葉を無視して歩きだした。
　たしかにあったかいけど……でも、恥ずかしいっていう気持ちの方が大きい。
　本当に拓磨くんはなにを考えているのかわからない。
　結局、一緒のポケットに手を入れたまま、駅まで来てしまった。
「俺、切符買うから待ってて」
「う、うん」
　私は定期入れから定期券を取りだして、拓磨くんを待つ。
　……あれ？
　拓磨くんてたしか、私と同じ町に住んでるんだよね？
　なのに、定期券持ってないのかな……？
　徒歩で学校来てるとか？
　いや、それは絶対ない。

徒歩で通学なんてしてたらすっごく時間かかるもん。
「おまたせ」
「拓磨くん、定期券持ってないんだ？」
「……あぁ、ちょうど昨日、定期の期限切れてさ。また今度買う」
「なるほど！」
そういうことか！
スッキリスッキリ。
改札を通って、駅のホームに立って電車を待つ。
ふと見ると、同じホームに立っている同じ高校の女子ふたりが少し離れたところからこちらを見ていた。
「ね、あれって今日久しぶりに授業に出たって言ってた、矢野拓磨じゃない？」
「ほんとだ！　ピアスいっぱいあいてるし、髪色も明るいしね」
拓磨くん……ウワサされてる。
うちの高校ではこんなピアスの量と髪色は目立つもんね。
「隣にいるのって彼女かな？」
「あれって、可愛いって男子が騒いでた桐野さんじゃ……」
聞き耳を立てていると、いつの間にか拓磨くんはその女子の目の前にいた。
「あのさ、うるさいんだけど」
「あっ、ご、ごめんなさいっ!!」
拓磨くんが睨むと、その女子たちは逃げるように去っていった。
「拓磨くん……」
「ごめんな、美憂」
「え?」
「俺と一緒にいると、変に目立って迷惑だよね」
　迷惑……?
「迷惑だなんてそんな!　みんな、拓磨くんのことをカン違いしてるだけだよ!」
「え?」
「ウワサで『100人を病院送りにした』とか『ちょっとしたことでキレて人を殴る』とか聞いてて、私も最初は怖かったけど……でも、話してみると、そんな人には全然見えないよ……!」
　ウワサはやっぱりウワサで、本当のことばかりではないんだって実感した。
　ウワサをそのまま信じちゃいけないんだって思った。
「……変なの」
「変なのって……私は本気でそう思って……っ」
「さんきゅ」
「え?」
「そんなふうに言われたの、初めてかも。さんきゅーな」
　その言葉を聞いた瞬間、私の胸はじんわり熱くなる。
　なんだろう、この気持ち。
　あったかくてドキドキして……。
『2番ホームに電車が参ります――』

そんなアナウンスが流れて、目の前に電車が止まった。
電車に乗ると、満員電車で押しつぶされそうになる。
なんとかドアの近くの隅っこに立った。
『ドアが閉まります。ご注意ください――』
ドアが閉まり、電車は動きだす。
あぁ、満員電車ツラい……。
しかもこの電車、痴漢(ちかん)多いんだよね……。
すると、拓磨くんが目の前に立って、覆いかぶさるように私の顔の横に手をついた。
な、なに、この状況!?
私の胸はうるさいほどにドキドキしだす。
「あ、あのっ」
「美憂、小さいし押しつぶされそうだから」
「……っ」
私に気つかってくれてるの……？
「それに、この電車、痴漢多いって聞くし。大人しくしてなよ」
「う、うん……」
やっぱり、拓磨くんは優しい。
改めてそう実感した。
悪い人がこんなことするワケないもん。
「ありがとう、拓磨くん」
「別に？　一応美憂も女だしね」
「い、一応って……」
まぁ、たしかに私には女子力のカケラもないけど……。

でもやっぱり正直に言われるとなんか悲しい。
「ウソだって。そんな顔すんな」
落ちこむ私を見て嬉しそうに笑う拓磨くん。
ほんっとイジワルだなぁ……。
イジワルなんだけど、なんか憎めないんだ。
その状態のまま20分。
家の最寄り駅に到着した。
「ぷはぁ……やっと満員電車から解放された……」
電車から降りて、私は伸びをする。
「満員電車で20分は疲れるな」
「ほんと、もう少し本数増やしてほしいよ」
田舎だから本数少ないんだけど、利用客としてはすっごく不便！
朝も電車１本逃すだけで命取りなんだもん。
「アンタの家、どっち？」
「こっちだよ！」
改札を出て、私の家の方向へ歩きだした。
そして歩くこと30分。
「私の家、ここだよ」
ようやく私の家に着いた。
陽はもう落ちかけている。
「じゃ、また明日」
「わざわざ送ってくれてありがとう」
「ついでだって言ってんじゃん。じゃあな」
私は拓磨くんの背中が見えなくなるまで、じっと見ていた。

「……おい」
「んー……」
　次の日の朝、私は体を揺さぶられて目を覚ます。
　目覚まし、まだ鳴ってないんだし、寝かせてよ……。
「日向（ひなた）うるさいなぁ」
「はぁ？　目を覚ましなよ」
「……ん!?」
　聞き覚えのある声に私は飛び起きた。
　ベッドの横を見ると……。
「な、なななな、なんでいるの!?」
　……拓磨くんがいた。
「お迎えにきてやったの」
「ビ、ビックリしたぁ……って！」
　状況を理解した私は、再び布団にもぐった。
　パジャマ姿だし、寝ぐせついてるかもだし……、恥ずかしい……！
「なにしてんの」
「その……っ、パ、パジャマ姿だし、寝ぐせだってついてるかもだし……！」
　慌てる私を見て、拓磨くんはため息をついた。
「と、というか、なんでここに……!?」
「外にいたら、アンタの弟がたまたま新聞取るために出てきて、ちょっと不審そうに俺のこと見てたから『美憂の彼氏だけど』って言ったら、歓迎して中に入れてくれたの」
「ひ、日向のヤツぅ……」
　日向とは、私のひとつ年下の弟。
　同じ高校に通っていて、サッカー部に所属している。
　そうだ、今日は日向が朝ごはんとお弁当作る日だ……。
　だから日向、早起きなんだ。
「はいはい、部屋の外で待ってるから着替えたら？」
「う、うん……」
　拓磨くんは私の部屋を出ていった。
　そして私は布団から出て制服に着替える。
　――バタン。
　着替えて部屋を出ると、拓磨くんが待っていた。
　１階に下りると、朝ごはんのいい匂いがした。
「お、姉貴おはよー！」
「日向……」
　日向は私を見るなり、笑顔で挨拶（あいさつ）をした。
　人の部屋に勝手に人をあげておいて、よくもそんな平然と……。
「あ、拓磨くん！　もう朝ごはん食べました？」
　た、拓磨くん……？
　なんでそんな親しげなの？
　もしかして私が寝てる間に親しくなったの？
　ウソだぁ……。
「あぁ、食べてきたけどお腹空いたかな」
「じゃあ一緒に食べましょうよ！」

「お、ほんとに？」

……って、勝手に話進んでるんですけど？

「姉貴、こんなにイケメンで、朝早くから姉貴を迎えにきてくれるようないい人を捕まえるなんてやるじゃん！　姉貴のくせに！」

「あのねぇ……」

日向はドジな私をいつも見下してくる。

私は日向のお姉ちゃんなのになぁ……。

「さ、食べましょ」

「「いただきます」」

いただきます、の声が拓磨くんと重なる。

「ん、おいしい」

拓磨くんが味噌汁をひと口飲んで言った。

「マジですか！　よかったです！」

すごく嬉しそうに笑う日向。

日向、味噌汁作るの得意だもんね。

「姉貴の作る味噌汁もうまいんですよ！　明日にでもまた食べにきてください！」

「ちょ、日向……」

日向ってば余計なことを……！

たしかに味噌汁ぐらいなら作れるけど……でも……。

「もちろん」

「た、拓磨くんまで……」

「楽しみにしてるから」

家族以外の人に料理作るなんてしたことないから、緊張する。
「つーか、姉貴が拓磨くんみたいなタイプと付き合うって意外」
「そ、そうかなぁ……？」
　まぁたしかに私、拓磨くんみたいなタイプはニガテっていうか、怖いって思ってたから……。
「だってさ、学園ドラマに出てくるウソくさい王子様タイプの男見て、カッコいい〜！とか言ってるようなヤツだし」
「ちょ、ひ、日向ぁ……」
　それは言わないでよ!!!
　恥ずかしすぎる……。
「へぇ、美憂ってそういうタイプが好みなワケ？」
「たしかにカッコいいとは思うけど……でも、好みとは違うっていうか」
　ウソ。実際、私は星司くんが好きだし……。
　星司くんは本当の王子様みたいに優しくて、カッコよくて……まさに理想の人だ。
　なんて絶対に言えないけど。
　私が告白して付き合ってることになってるもんね。
「ま、そんな爽（さわ）やかな王子様なんて、実際いたとしても絶対に裏があるだろうし、拓磨くんと付き合って正解だって」
　日向は茶碗に入ったごはんをかきこむ。
　裏がある？
　星司くんはそんな人じゃないもん！
　根っから優しくて王子様みたいな人に決まってる！

　私は心の中で日向を怒る。
「じゃ、俺は朝練があるんで」
「行ってらっしゃい」
「気をつけてな」
　立ちあがった日向に私と拓磨くんは手を振る。
　日向、憎まれ口叩かなかったら絶対モテるのになぁ。
　ムカつくけどわが弟ながら容姿もいいし、運動神経も抜群だし、頭もいいし。ほんと、もったいない。
「行ってきまーす」

　日向が家を出ていき、静かになる食卓。
「…………」
「…………」
　な、なにか話さなきゃ。
　気まずい……。
　てか、今日拓磨くんは私が起きる時間よりも前から、家の前で待ってたんだよね？
　日向はいつも朝ごはん作る日は朝ごはん作る前に新聞取りにいくから……。
「拓磨くん、今日、何時に来てたの!?」
「んー……５時半過ぎとか」
「え!?　そんな早くから……？」
「だって何時に美憂が準備終わるかわかんなかったし」
「そんな早くなくていいよ！　私、朝ごはん作る日以外は６時半ぐらいまで寝てるし」

　なんだかすごく申し訳ない。
　学校一の不良をそんな朝早くから待たせるなんて。
「……じゃ、美憂が朝ごはん作る日は早く来てごはん食べてもいい？」
「へ!?」
　わ、私が作った朝ごはんを食べるってこと……？
「ダメなの？」
「う、ううん！　全然いいよ！　でも、無理はせずにね」
　私の料理が拓磨くんの口に合うかな……。
　合わなかったらどうしよう。
「うん、楽しみにしてるから」
　ど、どうしよう。緊張する……。
　今週はとりあえず日向が当番だし。
「じゃ、そろそろ行くよ」
　ごはんを食べ終え、片づけを終えた私に拓磨くんが言った。
「う、うん！　荷物取ってくるね！」
「あぁ」
　私は階段を駆けあがって、自分の部屋にカバンを取りにいった。
　カバンを持ち、全身鏡の前に立つ。
「よし」
　乱れがないかチェックをすると、拓磨くんの待っている玄関へ。
「忘れ物はないか？」

「うん！　大丈夫！」

　そして私と拓磨くんは学校へと向かった。
「拓磨くん、今日はちゃんと教科書持ってきた？」
「え？　別に美憂に見せてもらえばいい話だし、持ってきてない」
「た、拓磨くんってば……」
　それって、毎時間教科書見せなきゃいけないってことじゃん……。
「いいじゃん、机くっつけて授業受けられるんだよ？」
　なにもよくないよ……。
　距離が近くて落ち着かないし。
「不満？」
「ち、違うの……ただ、近いから緊張するというかなんというか……」
　イヤとか不満とかそういうのとは違う。
「……ふぅーん」
　ま、まただ。
　聞いといて薄い反応……。
「俺、美憂には一生勝てそうにないわ」
　なんて返事しようと考えていると、拓磨くんがあとから付け足すようにそう言った。
　私に一生勝てそうにない……？
　どういう意味だろう。
「それってどういう……」

「別に。美憂は知らなくていいことだから」
　拓磨くんは私の言葉を遮って、無表情で言った。
「う、うん……」
　私は知らなくていいことって言われても、気になる。
　でも質問攻めなんてできないし、仕方ない。
『２番ホームに列車が参ります。ご注意ください——』
　駅に着き、電車に乗りこむ。
　いつも通り満員電車だ。
　人に押され、拓磨くんとはぐれそうになる。
　が、しかし。
「……っひゃ！」
　拓磨くんは私の手を掴んで、自分のそばに私を引き寄せた。
　私の胸はじんじんと熱くなる。
「た、拓磨く……っ」
「絶対手、離しちゃダメだからな」
　男の子と手を繋(つな)ぎ慣れていない私は動揺を隠せない。
　どうしよう、私、今絶対真っ赤だ……。
　恥ずかしい。
　そのまま電車に揺られ、ようやく学校の最寄り駅に到着した。
『ドアが開きます。ご注意ください——』
「ふぁ……」
　やっと満員電車から解放された……。
　もう１年半以上満員電車に乗ってるけど、いまだに慣れない。

　改札を出ると、学校へと歩きだす。

「すごい満員電車だったね……」

「そうだね」

「もう息が止まりそうだったよ……」

「そうだね」

「拓磨くんとはぐれちゃうかと思っ……って！　ご、ごめん!!」

　私はまだ拓磨くんと手を繋いだままだということに気づいて慌てて手を離す。

「あ、えと、その……」

「フッ、もう気づいちゃったんだ。残念。改札出るときに１回離したのにまた手繋いでくるから、ビックリしたよ」

「え!?　わ、私ってば無意識に……っ」

　ひゃあ、もう穴があったら入りたいくらいのレベルなんですけど……。

　なんで私ってば無意識にそんなこと……。

　もう、私のバカバカー！

「ほんとに、ご、ごめんなさい……」

「そんなに俺と手繋ぎたいんだったら、繋いでもいいよ？」

　拓磨くんはイジワルな表情で言う。

「だっ、大丈夫です！」

「はは、真っ赤だよ？」

「そんなことない、です……」

「はぁ……ったく、そういう表情すんのやめてくんないかな？」
　拓磨くんは余裕がなさそうにそう言って、自分の胸に私の顔を押しつけた。
「!?」
　ど、どういう状況……？
　拓磨くんの匂いがして、さらにドキドキし始める私の胸。
「あ、あのっ」
「そういう可愛い表情されると困んの。わかる？」
「へ……!?」
　い、今、か、かかかか、可愛いって言った……？
「他の男には見せたくないってこと」
「なっ、え、あの……っ」
　そんなこと言われると、また顔が真っ赤になっちゃうじゃん……！
　拓磨くんってばどういうつもりで……っ。
「……って、俺、なにしてんだろうね」
　私を解放すると顔をそらしてしまった。
「……ごめん」
「い、いや……大丈夫、だよ」
　全然大丈夫じゃないです。
　もう朝から心臓バクバクいいっぱなしなんですが……？
　今だってずっとバクバクしてて、顔も熱い。
「……遅刻しないように、早く行かないと」
「う、うん！　そうだね！」
　拓磨くん、さっきのって本音なのかな……？

それとも、からかってただけ？

拓磨くんって、やっぱりよくわからない。

気まずい雰囲気のまま、学校に到着した。

「俺、屋上行ってくる」

「あ、うんっ」

教室の前に着くと、拓磨くんはそう言って屋上の方へ去っていった。

気まずかったから、拓磨くんと離れられてよかった。

イヤだとかそんなんじゃなくて……どんな顔で接していいのかわからない。

教室に入り、自分の席に座っていると、多田くんがやってきた。

「美憂ちゃん、おっはよー！　……って、あれ？　拓磨は？」

「た、拓磨くんは屋上に行ったよ」

「へぇ〜……なにかあったの？」

「へ!?」

多田くんの問いかけに驚きを隠せない。

な、なんでわかったの？

多田くんってもしかしてエスパー!?

「あ、いや、美憂ちゃんの顔赤いから、なにかあったのかなって思っただけ」

「ウ、ウソ!?」

自分の頬に手を当てると、まだ少し熱かった。

あぁ、恥ずかしい……。

「はは、美憂ちゃんってばわかりやすいなぁ」

「そ、そんなことないよ……」
「で、なにがあったの？」
「そっ、それは……」
　あんな出来事、人に話せるワケない。
　思いだすだけで顔から火が出そうだ。
「美憂ちゃん、さっきよりも赤くなってる。……もしかして、拓磨に襲われた？」
「お、おそ……？」
　拓磨くんも言ってた"襲われる"って、どういう意味なんだろうか。
「……もしかして美憂ちゃん、襲われるの意味もわかってない？」
「う、うん……」
「襲われるっていうのは、つまり……」
「……？」
　多田くんがニヤニヤしながら私の耳元に顔を近づけてきた。
　私は多田くんに耳を傾ける。
「あーんなことや、こーんなことをされるってこと！」
「……っ!?」
　あ、あーんなことや、こ、こーんなこと……!?
　意味を理解した私の顔はまた熱くなる。
「もう、美憂ちゃんってばピュアすぎるって！　こりゃ拓磨も手出せないワケだ」
「い、いや……」

「まぁまぁ、ふたりのペースでいいんじゃない？　まだふたりは付き合ったばかりなワケだし？　ね？」
　超笑顔で私の背中を叩く多田くん。
「た、多田くん……」
　勝手に話を進めないでよ、多田くん……。
　私と拓磨くんはきっとこれから先、そんな関係になることはないもん。
　お互いに好きじゃないんだから。
「でも、あんまりガマンさせるのはダメだよ？」
　ガマン、ってなんのことだろう。
「う、うん……？」
「俺はこれからもふたりを応援してるからなっ！　……って、あ！　葵ちゃん来た！　葵ちゃーん!!!」
　多田くんは話すことだけ話すと、教室に入ってきた葵ちゃんのもとへ走っていった。
「葵ちゃん、会いたかったよーっ！」
「もう！　触んないで！　ってか、昨日も会ったでしょ！」
　抱きついてきた多田くんを引きはがそうとする葵ちゃん。
「俺からしたら１分……いや、１秒離れるだけでも、寂しいんだよー！」
「……あっそう」
「葵ちゃんってば照れてるの？　かわいー！」
　少し恥ずかしそうに目をそらした葵ちゃんの頭を撫でる多田くん。

葵ちゃんってば、ほんと可愛いなぁ。
私が男でも葵ちゃんを好きになりそう。
「はぁ？　照れてないっ！」
多田くんの手を払いのけて、自分の席に着く。
ふふ、朝からちょっとホッコリしちゃった。
ふたりは見てるだけで幸せな気持ちになる。
早くふたりが結ばれるといいな……なんて、葵ちゃんに言ったら怒られるかな。

チャイムが鳴り、私も自分の席に着く。
ふと隣の席を見る。
拓磨くん、いつ帰ってくるのかな？
「はーい、ＨＲ始めるから席に着けー」
担任が入ってきて、ＨＲが始まる。
「今日の欠席は……戸田と矢野か」
担任がそう言ったときだった。
「遅れてすみません」
「……！」
拓磨くんが教室に入ってきた。
教室の空気は一気に緊張感に包まれる。
拓磨くん、すごい威圧感というか存在感というか……。
みんなビビッてるよ……。
「……あぁ、矢野。おはよう。席に着いて」
「はい」
矢野くんは無表情で自分の席に着いた。

　横目で拓磨くんを見る。
　すると、私の視線に気づいたのか、こちらを向いた。
　私は慌てて目をそらす。
「……美憂」
「は、はい!?」
　拓磨くんに名前を呼ばれて、体が跳ねる。
「……今朝のことはほんと、気にしなくていいから」
「う、うんっ」
　気にするなって言われても……気にしてしまうのが事実だけど。
　でも、あんまり考えないようにしよう!!
　じゃないと何事にも集中できなくなっちゃうし！
『そういう可愛い表情されると困んの。わかる？』
『他の男には見せたくないってこと』
　……って、あぁぁぁ!!!
　全然頭から離れないよぉ……。
　拓磨くんの匂いも、声も、胸の温かさも、鮮明に覚えてるよ〜……。
　忘れなきゃ、忘れなきゃって思うほど、思いだしてしまう。
　そのときだった。
「ね、昨日、矢野拓磨と美憂ちゃんって一緒に帰ってたよね？」
「見た見たー！　今朝も一緒に登校してたし。もしかして付き合ってるんじゃない？」

「えー！　たしかにふたりとも美男美女だけど、でも、美憂ちゃんは真面目だし、あんな怖い人と付き合うなんておかしくない？　もしかして脅されてるんじゃ……」
「それしか考えられないよねー。美憂ちゃん、純粋そうだから騙されてるのかも」
　後ろの方から女の子たちのそんな会話が聞こえた。
　わ、私が騙されてる？　拓磨くんに？
　違う……騙しているのは私の方……。
　それに、拓磨くんは悪い人じゃない。
　ただ、人と接するのが得意じゃないだけなんだ。
　みんなが自分を避けていくから……。
　拓磨くんは優しい人だ。
　じゃないとカイロくれたり、満員電車で私が潰されないように守ってくれたり普通はしないもん。
　拓磨くんがいい人なんだって、みんなに私が教えてあげないと……！
　と、立ちあがろうとしたときだった。
　――ガタン。
　私よりも先に拓磨くんが立ちあがった。
「美憂ごめん、放課後には戻ってくるから」
「え!?」
　拓磨くんは私にそう言うと、カバンを持って教室を出ていこうとする。
「おい、矢野。どこに……」
「……体調悪いんで、帰ります」

拓磨くん、帰っちゃった。

どうして急に？

もしかして、さっきの女の子たちの会話で気分を悪くした、とか？　それとも、ほんとに体調悪いとか？

放課後には戻るって言ってたけど……。

私の頭の中は混乱し始める。

「……これでＨＲ終わります」

ＨＲが終わっても、私の頭の中は拓磨くんのことばかりだった。

拓磨くん……大丈夫かな。

追いかけた方がよかったのかな……？

んーっ！　わかんないよぉ……。

「美憂ちゃん」

「多田くん……」

「拓磨のことは気にしなくて大丈夫だよ」

「え？」

「拓磨、美容院に行ってるだけみたいだし」

「び、美容院？　なんで？」

このタイミングで……？

「さぁ？　それは拓磨が帰ってきてからのお楽しみかな」

お楽しみって……。

でも、体調不良じゃなかったみたいでよかった。

それにしても、拓磨くんってほんと、なに考えてるのかわかんないなぁ。

どうして急に美容院に行こうと思ったんだろう。

前髪が邪魔だとふと思ったとか？
「他にも行くところあるみたいで、時間かかるみたいだから、今日は葵ちゃんと3人でお昼ごはん食べよっか！」
「ちょっと、多田くんは入ってこないでくれる？　私は美憂とふたりで食べたいの！」
話を聞いていた葵ちゃんが不満そうに言った。
「いいよ全然！　3人で食べよう！」
「ちょっと美憂ってば……っ」
「やったー！　昼休み、楽しみだねっ」
「……はぁ」
葵ちゃんは仕方ないなぁ、とため息をついた。
このふたりの会話が聞けるのが楽しみだ。
楽しい昼休みになりそうだ。
「葵ちゃーん!!　呆れた顔も可愛いよ～っ！」
「もう！　抱きつかないでって何回言ったらわかるの!?」
「ふふ、葵ちゃんいい匂いー」
「ヘンタイ！　どっか行ってよ！」
葵ちゃんラブな多田くんと男ギライな葵ちゃん。
ふたりがとても微笑ましくて笑顔が止まらなかった。

変わった理由＝私？

　そして昼休み。
「あーおーいーちゃん!!」
　昼休みになってすぐに、多田くんの声が教室に響いた。
「もう、叫ばないでくれる？　恥ずかしい……」
「愛情表現だよっ！」
「…………」
　葵ちゃん、満更(まんざら)でもなさそう。
　葵ちゃんはツンデレだから表には出さないけど、きっと多田くんのことキライじゃないと思う。
「あ、私、自販機で飲み物買ってくるね」
　今日飲み物を持ってくるのを忘れたことに気がついた。
「行ってらっしゃーい！」
　多田くんに見送られ、私は自販機へと向かった。
　自販機の前に着くと、私はお金を入れた。
「えーっと……イチゴミルクにしよ」
　イチゴミルクのボタンを押そうと手を伸ばす。
　そのときだった。
　あ、くしゃみ出そう。
　くしゅんっ……。
「あ」
　私は出てきた紙パックを見て言葉を失った。
　間違ってコーヒーのボタン押しちゃった。

私コーヒーニガテなのに……!!!
私ってば、なんてドジなんだろ。ドジにもほどがあるでしょ……。
「はぁ……」
ドジな自分に呆れていると、誰かに肩を叩かれた。
振り返るとそこには……。
「あ……！」
「久しぶり。入学式で一緒に学校に行った子だよね？」
……私の好きな人・星司くんがいた。
持っていた紙パックを落としそうになる。
「は、はい……！」
私は慌てて頷く。
「あ、あのときはありがとうございました……！　助かりました！」
ペコペコ頭を下げてお礼を言うと、星司くんは笑った。
「はは、お礼なんていいよ。俺は家がこの辺だから、たまたまわかっただけだしね」
ヤバい。
星司くん、眩しすぎます。直視できないよ……。
「ありがとうございます……」
「タメ口でいいよ。同級生なんだからさ」
「あ、う、うん！」
「で、美憂ちゃん。間違ってコーヒー買っちゃったの？」
「えっ」
も、もしかしてさっきの見られてた……？

　は、恥ずかしすぎるーっ!!
「あはは……イチゴミルク買おうとしたら、くしゃみが出ちゃって……その勢いで……」
　熱い頬を両手で覆いながら苦笑いする。
「やっぱりそうだったんだ？　ちょうどよかった。俺、コーヒー買おうって思ってたからさ」
　星司くんはそう言って自販機にお金を入れ、イチゴミルクのボタンを押す。
　そしてイチゴミルクを手に取ると、私に差しだした。
「はい、これ。そのコーヒーと交換しよ？　そしたら俺も美憂ちゃんも、お互い好きなのを飲めるでしょ」
　え。
　えええぇぇー!?
　ウソウソウソ。星司くんが私のために……？
「で、でも……」
「遠慮しなくていいよ。ほら、交換ね？」
「う、うん!!」
　私と星司くんはイチゴミルクとコーヒーを交換する。
　どうしよう、心臓がバクバクいってる。
　まさか星司くんとこんな展開になるなんて。
　こんなに嬉しいこと、今までになかったってほど嬉しすぎる。
「じゃ、またね。美憂ちゃん」
「ま、またね！　ありがとう！」
　私は力いっぱい、星司くんに手を振った。

「星司くん……」
　星司くんが見えなくなったあと、星司くんのくれたイチゴミルクの紙パックを見つめる。
　あれ？　そういえば星司くん、なぜ私の名前を……？
　それはそうと、やっぱり星司くんは優しくて王子様みたいだ。
　大好きだ。私は星司くんが好きだ。
　改めて実感するとともに、胸が痛くなる。
　いつかは言わなきゃ。
　拓磨くんに私の本当の気持ちを……。
　教室に戻ると、葵ちゃんと多田くんは予想通り戯（たわむ）れていた。
「んー！　葵ちゃんのお弁当のおかずおいしいー！」
「ちょっと！　勝手に人のお弁当食べないでくれる!?」
「ふふふ、おいしいー！」
　そんな会話をするふたりのところに自分のイスを持っていき、座る。
「おかえり、美憂ちゃん！」
「ただいま」
「美憂ってば、イチゴミルク好きだねぇ」
　葵ちゃんが私の手にあるイチゴミルクを見て言った。
「実はさっきね……」
　私はさっきのことを話した。
　……もちろん多田くんには私が本当は星司くんが好きだってバレないように、自然に話した。

「で、星司くんが交換してくれたの」
「へぇ～よかったじゃん」
　葵ちゃんはニヤニヤしながら私に言う。
「その矢野星司ってヤツ、モテるよね～、よく名前聞く」
　多田くんも知ってるんだ。
　やっぱり星司くんはモテるから有名なんだなぁ。
「てか美憂ってば、ドジすぎるでしょ！　ほんとバカだよねぇ……」
「私だって、押したくてコーヒーのボタン押したんじゃないよ～……」
　でも、星司くんと少し接近できたからよしとしよう。
　ドジでよかった。
「ねね、葵ちゃん」
「なに？」
「今度ふたりでどっか行こうよ！」
「はあ？　絶対ヤダ」
　私はお弁当を食べながら、ふたりの会話する様子を見つめる。
「ねぇ、ふたりは付き合わないの？」
　そんなふたりを見て私は言った。
「は!?　美憂、なに言ってるの？　私が男ギライだって知ってるでしょ？」
「そうだけど、葵ちゃん満更でもなさそうだからさ」
「そんなワケないでしょ。こういうチャラチャラした女好きなんて、男の中でもとくに恋愛対象外だし」

「ガーン……俺、これでも一途だって昨日からずっと言ってるじゃーん!!!　葵ちゃんに出会ってから女の子の連絡先、全部消したんだよ！」

　多田くん……葵ちゃんのこと本気なんだ。

「俺、これから先、葵ちゃんの連絡先しか女の子の連絡先入れる予定ないからね!!」

「……ふぅん」

　多田くんから目をそらして葵ちゃんはおかずを口に運んだ。

「俺はいつまでも待ち続けるからね！　葵ちゃんが教えてくれるまで……!!」

「別にいいけど」

「え!?」

　葵ちゃんの言葉に多田くんは声をあげた。

　葵ちゃん、もしかしてそれって……。

「別に、連絡先ぐらいなら教えてもいいってこと」

　葵ちゃんの心が動いたってことだ……！

　多田くん、やったね!!!

「……ウソ!?」

「もう、耳元で叫ばないでくれる？」

「お、教えてください!!」

「そのかわり、どうでもいいことで連絡してこないでよね」

「も、もちろんです!!」

　それから葵ちゃんと多田くんは連絡先を交換した。

「あ〜生きててよかった〜神様ありがとう〜」

　多田くんはケータイを握りしめてそう言った。
「……変なの。私、ちょっとお手洗い行ってくる」
　葵ちゃんはため息をついてから、教室を出ていった。
　ふと見えた葵ちゃんの顔は少し赤い気がした。
「……多田くん、よかったね！」
「もうにやけが止まらないよ！　葵ちゃんのこと、もっと好きになっちゃったよ～」
「幸せそうだね」
「もちろん！　葵ちゃんにふさわしい男になれるように頑張る！」
「応援してるよ」
　葵ちゃんは幸せ者だなぁ。
　こんなに一途に想ってくれる人がいて。
　私にもいつか、私を一途に想ってくれる人が現れるのかなぁ……って、無理か。
　私は葵ちゃんみたいに美人じゃないし、可愛げないし。
　私も頑張らなきゃ。
　星司くんに振り向いてもらえるような女の子に……！
「好きな人のために変わるって簡単そうで難しいよなぁ。チャラチャラした女好きのイメージを葵ちゃんから消そうと努力してるけど、すごく難しい」
「好きな人のために変わる、かぁ」
　星司くんのために変わるって、どういうことなんだろう。
　星司くんはどういう子が好みなんだろう。
　よく考えてみると、私は全然星司くんのことを知らないどころか、話したのもさっきので2回目だ。
知っていることといえば、星司くんが優しい人だってこと、そしてコーヒーが好きだってこと。
たったそれだけだ。
「好きな人のために変わるって難しいけど、でも、それほどその人が好きなんだって実感させられるよ」
すごいなぁ、多田くんは。
葵ちゃんに振り向いてもらえるように変わろうとしてて。
私なんて、なにも……。
「好きじゃないと、自分を変えることなんてできないよ」
「そう、だね」
「これは拓磨には秘密なんだけどさ」
「ん？」
「拓磨は今、美憂ちゃんのために変わろうとしてるんだよ」
「……え!?」
私のために……拓磨くんが、変わる……？
「ま、放課後に拓磨に会えばわかるよ」
「…………」

――キーンコーン。
チャイムが鳴り、私と多田くんはそれぞれの席に着いた。
「拓磨くん……」
私のために変わろうとしてるって……どういう意味だろう。

拓磨くんは今、どこでなにをしているのだろう。
午後の授業はずっと拓磨くんの表情が頭を離れなかった。
そして、ついに放課後がやってきた。
「美憂ちゃん、拓磨が昇降口で待ってるって」
多田くんが帰る準備をしている私に言った。
「あ、そうなんだ！　ありがとう！」
「じゃ、また明日ね」
「うん、ばいばい」
多田くんは私に手を振ると、教室を出ていく葵ちゃんを追いかけていった。
さてと、私も早く拓磨くんのところに行かないと。
……拓磨くん、どうなったんだろう。
私のために変わろうとしてるって……。
いろいろ考えながら靴を履き替えて外に出る。
拓磨くん、どこにいるんだろう？
キョロキョロしてみても、拓磨くんはいない。
もしかして、もう校門まで行っちゃったのかな？
とりあえず校門に行ってみよう。
そして、校門に向かおうと歩きだしたときだった。
「ひゃっ」
いきなり誰かに腕を引かれた。
振り返ると、見覚えのない男の子がいた。
「あ、あの……？」
なにか用かな……？

「帰るよ」
「……え!?」
「なに、その反応」
「も、もしかして……」
　この人は……。
「た、拓磨くん!?」
「そうだけど」
「え、えぇーーっ!?」
　ウ、ウソでしょ？
　制服きちんと着こなしてるし、アクセも外してるし、黒髪だし、もう少し目つき悪かったし……。
　本当に拓磨くん？
「どうしたの……？」
「別に」
　べ、別にって……。
　私のために変わったって……もしかして。
　今朝の女の子たちの会話を聞いて……？
　私が拓磨くんと一緒にいて目立つのを気にしてくれたってこと？
　……いやいやいや。拓磨くんが私のこと好きなワケじゃないんだし、ありえないでしょ？
「ただ、目立つのがめんどくさくなっただけ」
「…………」
　そうだよね、私のためなんて気のせいだよね。
「さ、帰ろ」

「う、うん！」
　私は少し動揺しながらも拓磨くんの隣を歩く。
　……あの、周りの視線がすごいんですが。
「ねぇ、あの人誰!?　あんなカッコいい人うちの高校にいたっけ？」
「あれってもしかして、矢野拓磨じゃ……」
「ウソ!?　変わりすぎじゃない!?」
　そんな声がたくさん聞こえてくる。
　逆に目立つようになった気がするんだけど……。
　でも、拓磨くんは平然としてるし。
　私もあまり気にしない方がいいのかも。
　……とは言っても、やっぱり気になる。
「あんまり気にすんな」
　ソワソワしている私に気がついたのか、拓磨くんがそう言った。
「う、うん……」
「あのさ」
「？」
「リンゴ、食べたい」
「リンゴ……？　あぁ！　リンゴね！」
　そういえば拓磨くんはリンゴが好きだったんだ。
　リンゴ、家にはもうないし……。
「じゃあ、スーパーで買ってうちでむいてあげる！」
「あぁ」
　拓磨くんは嬉しそうに笑った。

出たよ、拓磨くんの不意打ちの笑顔。
私、その笑顔に弱いんだよなぁ。
胸がキュウってなるっていうか……。
「美憂？」
「ううん、なんでもない！　さ、スーパー行こ！」
それから私と拓磨くんはスーパーへ向かった。
「リンゴリンゴ……あ、あった！　何個買おうかな」
また拓磨くんに昼休みに持っていくって約束したし、3つぐらい買っておこう。
「3つも買うの？」
リンゴを3つ手に取った私を見て、拓磨くんが言った。
「だって、拓磨くんにまた昼休みにリンゴ持っていくって約束したでしょ？」
「……そうだな。金、俺が払うよ」
「え？」
「俺のワガママでリンゴむいてもらうんだから」
「いいの……？」
「あぁ、遠慮しなくていいよ」
拓磨くんは私からリンゴを取ると、レジに向かった。
「あ、ありがと」
拓磨くんからリンゴの入った袋を受け取ろうとしたら、ひょいっとかわされた。
「俺が持つ」
「で、でも……」
「俺の方が力あるし」

拓磨くんはやっぱり優しい。

無愛想に見えるけど、ちゃんと私に気をつかってくれているんだ……。

それから私たちは電車に乗り、歩いて、私の家に到着した。

「ど、どうぞ」

家の鍵を開けると、拓磨くんを中に案内する。

まだお母さんも日向も帰ってきてないみたいだ。

「ん」

「ありがとう」

拓磨くんからリンゴを受け取ると、私はエプロンをつけてキッチンに入った。

そして包丁を握る。

ふと拓磨くんの方を見ると、拓磨くんは私をじーっと見つめていた。

「あ、あの……」

「なに？」

「そんなにじーっと見られると恥ずかしいんだけど……」

「ふぅん」

「だから、そこのソファででもゆっくりしてて？」

「ヤダ」

「な、なんで……」

「美憂が俺のために頑張ってリンゴむいてる姿、見てたいから」

「そんなぁ……」

緊張して、手切っちゃいそうだよ……。

拓磨くんって優しいけど、ときどきイジワルだよね。

でも、拓磨くんの少し嬉しそうな顔を見ると、イヤだって言えないんだ。

私はリンゴを手に取って、皮をむきはじめる。

「…………」

慎重に、慎重に。

ヤバい、手が震えるよぉ……。

「よし！」

できたー!!!

ふぅ、失敗しなくてよかった。

「はい、おまたせ」

リンゴをお皿にのせて、拓磨くんに渡す。

「さんきゅ」

拓磨くんは食卓につくと、リンゴを食べる。

「ん、うまい」

「私ももらっていい？」

「当たり前」

拓磨くんの向かいのイスに座ると、リンゴをかじる。

「おいしい！　リンゴはやっぱりおいしいよね」

「あぁ」

寒いのはニガテだけど、リンゴの季節だからキライじゃない。

「美憂のほっぺた、赤くてリンゴみたい」

「へ!?」

　拓磨くんは私の頬に手を伸ばした。
「熱いな」
「そ、そうかなぁ」
　不意に目線を上げると、拓磨くんと視線が絡まる。
　私をしっかり映しているその瞳から目が離せなくなる。
「……美憂がよく見える」
「……え？」
　よく見えるって……。
「俺、コンタクトにしたんだ。今まで目悪いくせに裸眼だったから、余計目つきが悪かったんだよなぁ」
「今日、美容院と眼科行ってたってこと？」
「……まぁ」
「どうして急に……」
「理由はない」
　拓磨くんは私から目をそらす。
「もしかして、今朝のクラスの女の子たちの会話、気にしてたの……？」
　私が言うと、拓磨くんは少し目を見開いた。
「あの子たちはきっとまだ、拓磨くんのことを見かけしか知らないから、あんなふうに言ってただけだよ！　拓磨くんが本当は優しい人だってわかればきっと、あんなこと言ったりしないよ！」
　拓磨くんのことを変なウワサとか見た目で判断してしまっているだけなんだ。
　私だって最初はそうだったもん。

やっぱり人は接してみないとわからないものだなって、拓磨くんと関わって思ったもん。

「……あとね、あの子たちは私が騙されてるんだって言ってたけど」

そして私は拓磨くんに言わなきゃ。

本当のことを。

「騙しているのは私の……」

「別に理由はないって言ってるでしょ」

拓磨くんは私の言葉を遮って言った。

「別に美憂のためとかそんなんじゃない、から」

「拓磨くん……」

「そろそろ指導されすぎて謹慎になりそうだったから、真面目にしようって思っただけ」

そう言って、シャキッといい音を立ててリンゴをかじった。

「それに、黒髪も似合ってるでしょ？」

たしかに、前の明るい茶髪も似合ってたけど、黒髪も悪くない。

印象は全然違うけど、拓磨くんはどっちも似合っちゃうなんてズルいなぁ。

「うん、すごく似合ってる」

変身した拓磨くんを見た女の子たちの反応、すごかったもんな。

拓磨くん、人気出そうだな。

そう思うと、なぜか少し寂しい気持ちになった。

なんで……？

拓磨くんがいい人だってみんなに知ってもらえるチャンスなのに。

「……どうかした？」

「へ？　ううん！　なにもないよ！」

「ふぅん」

「はぁ～今日の晩ごはんなにかなぁ～」

私はごまかすように話題を変える。

「もう晩ごはんのこと考えてんの？」

「私が言うのもアレだけど、うちのお母さん、料理得意だからさ！　毎日晩ごはんが楽しみなんだよね」

お母さん、掃除とか洗濯はニガテなくせに料理だけは上手い。

私はお母さんの料理が大好きだ。

「拓磨くんはお母さんの料理好き？」

「……どうだろうね」

拓磨くんは私の質問に少し表情を歪(ゆが)めた……気がした。

「さ、リンゴも食べ終わったことだし、俺はもう帰るよ」

そう言って立ちあがる。

「うん！　気をつけてね」

「あぁ」

拓磨くんを玄関まで送る。

「じゃ、また明日」

「ばいばい」

軽く手をひょいっと挙げると、拓磨くんは帰っていった。

リンゴ、おいしかったなぁ。

明日は今日買ったリンゴの残りのふたつ全部むいて持っていこーっと！

――今思えば、このときからだったんだ。

拓磨くんの様子がおかしかったのは。

私は､彼のことを他の人よりは知っているつもりでいた。

でも、本当はなにも知らなかったんだ……彼のことを。

次の日の朝。

――ピーンポーン。

「はーい！」

インターホンが鳴って、外に出ると拓磨くんがいた。

拓磨くんを家の中に誘導する。

「今日は昨日より起きるの早いね」

「えへへ、朝ごはん作って、拓磨くんのためにリンゴたくさんむいてたんだ！」

今日は朝ごはん担当だし、リンゴをむこうと思ってたからちょっと早起きしたんだ。

「それは楽しみ」

フッと笑って食卓につく拓磨くん。

「拓磨くん、おはようございます。……って、黒髪にしたんですね！　すごく似合ってます！　俺は黒髪の拓磨くんの方が好きかも」

先に食卓についていた日向が拓磨くんに言う。

「おはよ。似合ってるか？　黒髪なんて久々だから違和感すごいんだけどな」
「黒髪の方が絶対いいですよ！　かっこよくて憧れます」
「さんきゅ」
「はい、朝ごはんできたよ～」
　私はふたりの前に朝ごはんを並べる。
　今日もいつも通りシンプルな和食だ。
「いただきまーす！」
　日向が手を合わせたのと同時に、拓磨くんも手を合わせた。
　拓磨くんは静かに味噌汁をひと口飲む。
「……味噌汁、どう？」
　私が聞くと、拓磨くんは少し頬を緩めた。
「うん、うまい」
「でしょ！　わが姉貴ながら、味噌汁作るの上手いんですよ！」
　日向が自慢げに言う。
　よかった、拓磨くんがおいしいって言ってくれて。
　少し……いや、かなりホッとした。
「拓磨くん、姉貴と結婚したら、毎日この味噌汁を飲めますよ」
「ちょ、日向……っ」
　日向ってば、なにを言って……！
「言われなくてもそのつもりだけど」
「……えっ!?」
　た、拓磨くん……今なんて……？

「よかったです、拓磨くんぐらいしかこんなドジな姉貴をもらってくれる人なんていないですから」
「あぁ、任せろ」
　拓磨くん、正気なの……？
　そんなワケないよね、私をからかおうとしてるだけだよね？
「よかったな、姉貴」
　日向はなにも知らず、笑顔を向けてくるけど……でも……なにもよくないよ!!!
「でも、姉貴も油断してると拓磨くんを他の女に取られちゃうよ？　黒髪になってだいぶカッコよさ増したし」
「う、うん……」
　とりあえずそう答えたけど、なんて言っていいのかわからない。
　私の本命は星司くんだし……ね。
「あ！　もうそろそろ家出なきゃ！」
　日向が茶碗のごはんをかきこんで立ちあがった。
「じゃ、行ってきまーす!!」
「行ってらっしゃい」
「気をつけてな」
　私と拓磨くんは日向に手を振った。
「…………」
「…………」
　日向のいなくなった食卓には沈黙が漂う。
　気まずいのを紛らわすために、味噌汁をひと口飲んだ。

「美憂はどう思う？」
　すると、拓磨くんが沈黙を破った。
「へ……？」
「俺と結婚すること」
「え、えと……」
　どう思うって言われても……なんて答えていいのかわかんないよぉ……。
　私が好きなのは星司くん……だし。
　拓磨くんと結婚だなんて想像もできない。
「まだ先すぎて……わかんないなぁ」
　私は拓磨くんを傷つけないように、そう言った。
　拓磨くんとの結婚なんて想像できない、でも……もし仮に結婚したとしたら、幸せになれそうだなぁとも思う。
　そんなこと、本人には言えないけどね。
　自分のこと好きでもないヤツにそんなふうに思われてるって知ったら、拓磨くんも気持ち悪いだろうし。
「美憂らしい答えだな」
　拓磨くんはフッと笑って手を合わせた。
「ごちそうさま」
「私も早く食べなきゃ」
「いいよ、そんな急がなくて。まだ時間あるし」
「うん、そうだね」
　立ちあがってソファに寝転ぶ拓磨くん。
　私は黙々と朝ごはんを食べた。
　今日……学校行ったらすごいんだろうな、女の子たちの黄色い声。
拓磨くん、すっかりカッコよくなっちゃったんだもん。
日向の言う通り、他の女の子に拓磨くんを取られちゃうかもなぁ……。
でも、それは私にとっては好都合だよね。
だって私は拓磨くんと別れて、星司くんに告白したいって思ってるんだもん。
だから好都合……なはずなのに。
拓磨くんが私のそばからいなくなるって思うと、なんだか少し寂しいんだ。
拓磨くんは私のものでもなんでもないのに。
拓磨くんと私はお互いに恋愛感情はないのに。
……拓磨くんのことを、本当は優しい拓磨くんのことを知ってしまったから、拓磨くんのことが気になって仕方ないんだ。
「……美憂？」
拓磨くんの声でハッと我に返る。
「ちょっとボーッとしてた！」
「ふぅん」
「ごちそうさま！」
残りの味噌汁を飲み干すと、立ちあがった。
そして食器を洗い始める。
「…………」
なんだか最近、ずっと拓磨くんのこと考えてる気がする。
拓磨くんに出会うまでは、星司くんのことばっかり考えてたのに……。

拓磨くんのことを考えるとドキドキしたり、胸が苦しくなったり、嬉しくなったり、いろんな気持ちになるんだ。

——パリン。

「あっ！」

すると、手から持っていたコップが落ちて、割れてしまった。

あーあ、やらかしちゃった……。

慌てて破片を拾おうと手を伸ばす。

「いたっ」

ガラスの破片が指先に刺さって血が出てきた。

自分のドジさに呆れるよ……ほんとに。

「どうした!?」

すると、慌てた様子の拓磨くんがキッチンに入ってきた。

「コップを割っちゃって……えへへ」

「笑い事じゃねぇだろ！　手、貸してみ」

真剣な表情の拓磨くんにドキッとする。

「う、うん」

ケガをした手を差しだすと、拓磨くんはその指を口に入れた。

ウ、ウソ……。

指先から拓磨くんの温度が伝わってくる。

「った、拓磨く……っ」

「応急処置。あとは俺が片づけとくから」

「ありがとうっ」

拓磨くんは素早く破片を片づける。

「ご、ごめんね……」

「なんで謝るんだよ。謝るのは俺の方だし。俺が割ってすぐに行ってたら、美憂がケガしなくて済んだのに」

拓磨くん……。

どうしてそんなに私に優しいの……？

拓磨くんの優しさを知るたびに胸が苦しくなるんだ。

こんなに優しい拓磨くんにウソをついている自分がイヤになって罪悪感でいっぱいになるんだ。

「はい、片づけ終わり。次は美憂の指の処置をしないと。消毒液と絆創膏（ばんそうこう）貸して」

拓磨くんは片づけを終えるとそう言った。

私はそれに従って救急箱を持ってくる。

「指見せて」

ケガをした指を出すと、優しくその手を持って消毒をして絆創膏を貼ってくれた。

「あ、ありがとう！　なにからなにまでしてもらっちゃって……」

「別に」

お礼を言うと、拓磨くんは照れくさそうに私から目をそらした。

その姿がなんだか可愛くて胸がキュンとした。

「……っあ!!　早く学校行く用意しないと遅刻だ!!」

時計を見た私は叫んだ。

「……ったく」

　そんな私を見てため息をつく拓磨くん。
　私は慌てて２階へ上がった。

「ギリギリセーフ……」
　なんとか本鈴５分前に校門をくぐることのできた私は、ガッツポーズをした。
「ほんと、美憂って準備遅いよね」
「ごめんなさい……」
「別にいいけど。間に合ったんだし」
　校舎に入って教室に向かっていると、いろんな人が拓磨くんをジロジロ見る。
　やっぱり拓磨くん、目立つよね……。
　こんなカッコいい拓磨くんの横を歩いてる私って……。
「拓磨くん、目立ってるね」
「なんでそんなにジロジロ見てくるんだろうね。本当は文句言ってやりたいけど、もうそういうのはやめることにしたから」
「え……？」
　拓磨くん、本当にどうしちゃったんだろう。
　前までは普通に睨んで暴言とか吐いてたのに……。
　いろいろ頭の中で考えながら教室に入ると、一斉に全員がこちらを見てきた。
　うっ……視線がすごい……。
　思わず立ち止まった私の背中を拓磨くんが押した。
「気にすんな」

「うん……」

「みんな、おっはよー!!」

　すると、静かな教室に勢いよく多田くんが入ってきた。

　そのおかげで教室の静かさもなくなる。

「お、拓磨！　黒髪似合ってんじゃん!!」

　多田くんは拓磨くんを見るなり、肩を組んで言った。

「カッコいいよ拓磨!!　な、美憂ちゃん？」

「え、あ、うんっ」

「よかったな〜拓磨」

「うるせぇ祐輝」

「照れちゃって〜可愛いヤツ！」

「……ウゼェ」

　ふふ、拓磨くん、満更でもなさそう。

　私はふたりを微笑ましく思った。

　――キーンコーン。

「ＨＲ始めるぞー」

　チャイムと同時に担任が教室に入ってきた。

　それとともに私は席に着く。

「出席をとるぞー……って、お前誰だ？」

　担任が拓磨くんを見て怪しげに言った。

「矢野、ですけど」

「……矢野!?　お前どうした……」

「そんなことより早くＨＲしてもらっていいですか」

「あ、あぁ……」

　拓磨くん、いろんな人に驚かれてるな……。

まぁ雰囲気が全く違うもんね。
見るからに誠実そうな好青年、って感じだし。
「矢野拓磨ヤバくない？」
「ちょーカッコいいんだけど！」
「美憂ちゃんいいなー。雰囲気変わって、お似合いになったよね」
昨日の女の子たちがそんな会話をしているのが聞こえた。
“お似合い”か。
なんでだろう、その言葉がすごく嬉しく思えちゃうんだ。
思わずにやけそうになるのをガマンする。
拓磨くんはどう思ってるのかな……？
別になんとも思わない、か。
私のこと好きでもなんでもないもんね。
「ね、1時間目なに？」
「へ!?　あ、あぁ、えっと……古典だよ」
拓磨くんのことを考えてたら、隣から拓磨くんに声をかけられて驚く。
「そんな驚かなくても」
「いや、ちょうど拓磨くんのこと考えてた、から……」
あっ、私ってばなに言って……！
「俺のこと？　なに？」
「えっとね、秘密！」
そう言って笑ってごまかす。
「ふぅーん……」

拓磨くんは少し不満そうに言った。
「そういえば、今日から俺、自分で教科書持ってくることにしたから」
「え!?」
自慢げに今日の教科の教科書類を私に見せる。
「ほんとだ！　すごーい……」
まさか拓磨くんが教科書を持ってくるようになるなんて、思いもしなかった。
「これで美憂が教科書忘れたら、俺が見せてあげられるね」
「うんっ」
私が笑うと、拓磨くんも嬉しそうにふわっと優しく笑った。
あ……ダメだ。
私、拓磨くんの笑顔に弱いなぁ。
拓磨くんの笑顔、可愛くてすごく好きだ。
「美憂……？」
「拓磨くんって笑うと可愛いなぁと思って」
「……なにそれ」
私の言葉に拓磨くんは不服そうな顔をする。
「どうしたの？」
「男が可愛いって言われて嬉しいワケないでしょ」
「あ……ごめんね」
不満げな拓磨くんもまた可愛かった……けど、本人には秘密にしておこう。
「美憂、手貸して」

「？」
　どうしてだろうと首を傾げながら手を差しだす。
　そして私の手に触れると「やっぱり」とつぶやいて、ポケットの中からカイロを取りだした。
「あげる」
　私の手が冷たいかどうか確認したんだ……。
「え!?　い、いいよ！」
「遠慮しなくていいから」
「だって拓磨くんも寒いでしょ？　私は摩擦熱で頑張って温めるよ」
「なに言ってんの。はいどうぞ」
　拓磨くんは私にカイロを握らせる。
「い、いいの……？」
　この間ももらっちゃったのに、申し訳ないなぁ……。
「あぁ。もし俺が寒くなったら美憂に温めてもらうし」
「……!?」
「冗談だっての」
　焦った表情をした私を見て、拓磨くんは楽しそうに笑った。
「もう、からかわないでよ～……」
「はいはい」
「こら～、矢野と桐野。大切な連絡事項なんだからしっかり聞けよー」
　ふたりで盛りあがっていると、担任に注意された。
　顔を見合わせてクスクス笑いあった。

朝のＳＨＲが終わり、私は机の上に古典の用意をする。
「見て、ノートもバッチリ持ってきたよ」
拓磨くんが新品のノートをたくさん見せてくる。
「偉いね、拓磨くん」
「でしょ？　なんかご褒美でもくれるの？」
「ご褒美？」
うーん、そうだなぁ……。
なにかいいものあるかなぁ？
……あ、そうだ！
「頭ナデナデしてあげようか？」
私はクスッと笑いながらそんなことを言ってみる。
「は、はぁ!?」
「してあげるよ」
頭を撫でようと、拓磨くんの頭に手を伸ばす。
が、拓磨くんはイスから立ちあがってそれを阻止（そし）した。
そして、私の頭を撫でた。
「はいはい、よしよし」
「ちょっと！　私が撫でようと思ったのにぃ……」
私は立ちあがって拓磨くんの頭を撫でようとするけど、身長の高い拓磨くんの頭に手が届くはずもなく。
「撫でられるもんなら撫でてみてよ」
「もう……拓磨くんのイジワル」
どうせ撫でさせる気なんてないくせに……。
「安心して。美憂の分まで俺が美憂の頭撫でてあげるから」
「うぅー……」

　私は頬をふくらませて、すねたフリをしてみる。
「……それ、反則」
　拓磨くんは手で顔を覆った。
「へ？」
「……美憂のそういう態度、なんかムカつく」
「え!?」
　ム、ムカつくって……なんで!?
「俺だけ調子狂わされてんのムカつく。ほんと美憂の無自覚には呆れる」
　私が拓磨くんの調子を狂わせてる……？　え？
　いやいやいや!!
「逆に私が調子狂わされてばっかりだよ！　しかも無自覚って意味わかんないし！」
　拓磨くんに優しくされたり、イジワルされたり、そのたびに調子狂わされてるし……。
　それに、自分がドジなこともバカなこともそれなりに自覚して生きてるもん！
「いっつも、拓磨くんばっかり余裕で……ズルい」
　私はいつも惑わされてばっかりで、いつも拓磨くんのペースに乗せられてるもん。
「……余裕なんていつもねーよ」
「え？」
　拓磨くんがつぶやいた言葉は私の耳にちゃんと届かなかった。
「なんでもない」

「う、うん……？」
　なんだったんだろう？
　まぁいっか。
「ていうか、拓磨くん真面目になったけど……席はそのままなんだね」
　藤永くんが本当は私の隣だったんだけど……。
「美憂の隣だけは譲れない」
「っ」
　ほら……また真剣な顔でそういうこと言うから、私の心はかき乱されるんだ。
　冗談なのか本気なのか悟らせないところも、拓磨くんのズルいところだ。

　すると1時間目の始まりを告げるチャイムが鳴った。
「はーい、席に着いてー」
　古典担当の先生が教室に入ってきて、私は少し熱くなった頬をおさえて前を向く。
　手は冷たいから熱い頬に当てると気持ちがいい。
　私ってば意識しすぎだよね……。
　でも、仕方ないじゃん。
　誰だって、あんなふうに言われたら熱くなっちゃうよ。
　拓磨くんはそういうことを普通に言っちゃうから、私の心臓もたないよ……。
　ふと、横目で拓磨くんを見る。
　すると視線がバッチリ絡まって、慌ててそらす。

拓磨くんの方がやっぱりズルいよ。

私がこんなにドキドキしてるなんて、知らないんだろうなぁ。

って、これじゃ私が拓磨くんを好きみたいじゃん。

あーっ、もう、考えるのはやめたやめた!!!

ブレザーのポケットに手を入れて、カイロをそっと握る。

私は……一体いつまで、拓磨くんにウソをつき続けるんだろう。

拓磨くんと付き合いはじめたころに比べて、拓磨くんを知ってしまったから……余計に言いだせない。

これなら拓磨くんの優しさを知る前に、勇気を出して言っておけばよかった。

でも、心のどこかで拓磨くんのことを知ることができて嬉しく思ってるんだ。

拓磨くん、ごめんね。

もし、私が本当のことを告げたら、拓磨くんはどんな表情をするのかな。

笑い飛ばす？　怒る？　それとも悲しむ？

悲しむ、はありえないか……。

いつか絶対に言わなきゃいけない日が来る。

わかってるのに……イヤだなんて思ってしまうんだ。

第2章

閉じこめられた想い

　昼休み。
　いつも通り、私と拓磨くんは屋上でごはんを食べていた。
「なんか甘いもの食べたいなぁ」
　私はポツリとひとり言のように言った。
「じゃ、今日放課後なにか食べにいく？」
「……え!?　いいの!?」
　拓磨くんの言葉に私は箸(はし)を止めた。
「うん」
「行くー!!」
「元気だね」
　テンションの上がっている私を見てクスッと笑う。
「どこ行こうかな～」
　クレープもアイスもいいな……いやでもタピオカも飲みたい。ドーナツもケーキもいい！
　放課後までに決めておかないと！
「拓磨くんはどこか希望ある？」
「とくに。美憂の行きたいところに付き合う」
「そっかぁ～……余計迷っちゃうなぁ」
　私、優柔不断だからなぁ……。
　んー！　決められないよー！
「美憂、顔がすごいことになってる」
「へ!?」

「眉間(みけん)にシワ寄ってたよ」
「ウ、ウソ!!」
　恥ずかしくてオデコに手を当てた。
　はぁあ〜……。私、気抜くとダメなんだよなぁ……。
「あはは、そんな慌てなくても」
「う、うん……」
　考えるのは授業中にしよう……って。
　次の授業って……体育!?
「次の授業って……」
「体育」
「やっぱり!?　どうしよう、私……ジャージ持ってくるの忘れちゃった……」
　こんな寒い季節に半袖半ズボンで体育って……地獄すぎるよぉ……。
「はぁ……」
　私って本当にバカだな。
　もう、体育見学しちゃおうかな……って、そんなワケにはいかないけど。
「なら、俺の貸してやる」
「え、で、でも……」
　そうなると、拓磨くんが寒いよね？
　それに男の子のジャージを着るなんて、なんだか恥ずかしい……。
「遠慮しなくていいから。俺、今日２枚持ってきてるし、それに、美憂の体が冷えちゃ困るでしょ」

拓磨くん……私のことを心配してくれてるの……？
「……じゃ、じゃあお言葉に甘えて……」
「あぁ」
本当に拓磨くんの優しさに助けられてばかりだな……私。
「ほんとにいつも助けてもらっちゃってごめんね……」
「なんで謝るの。俺が好きで助けてるんだから」
「拓磨くん……」
好きで助けてる、か。
それにしても優しすぎるよ……拓磨くんは。
関わってそんなに時間も経っていない私にこんなに優しくしてくれるなんて、拓磨くんは根っから優しい人なんだね。
私もいつか拓磨くんに優しくしてもらった分、恩返しできる日が来るかな？
「そんな顔するなって。それより、リンゴ。食べよ？」
「……っうん！」
私はタッパーを取りだして、フタを開く。
「いただきます」
拓磨くんは子どものように目を輝かせて一度手を合わせてそう言うと、リンゴを頬張った。
「ん、うまい」
幸せそうな表情をする拓磨くんに、私も思わず笑顔になる。
拓磨くんが小さいころ、きっと可愛かったんだろうなぁ……なんて、勝手に想像する。

ふと見せる笑顔とか、リンゴ食べてるときの幸せそうな表情とか見てると、そんな感じがする。

「……なに？」

私の視線に気がついた拓磨くんがリンゴを食べる手を止めた。

「いや、子どものころの拓磨くんはきっと可愛かったんだろうなぁって思って」

「なんで？」

「リンゴ食べてるときの拓磨くんが子どもみたいに嬉しそうだったから」

「……そっか。どうだったんだろうね」

私から目をそらして、静かにシャキッと音を立ててリンゴを食べた。

そのときに私は少し感づいた。

言ってはいけないことだったんじゃないかって。

拓磨くんの小さいころ、なにかあったんじゃないかって。

「わ、私もリンゴ食べよーっと!!」

ごまかすようにそう言って、私はリンゴを食べた。

「やっぱリンゴはおいしいなぁ」

拓磨くんの過去になにがあったんだろう。

私が知っているのは今の拓磨くんだけで、拓磨くんのほんの一部でしかないんだ。

勝手に拓磨くんのことを知った気でいた。

……なんて、考えたって仕方ないか。

大事なのは今！　そうだよ、人の過去は掘り返すものじゃないよね！
なんかちょっと喉（のど）渇いたなぁ。
「私、自販機で飲み物買ってくる！」
立ちあがって、リンゴを食べている拓磨くんに言った。
「……ひとりで行ける？　ついていこうか？」
「大丈夫！　自販機までそんな遠くないから！」
リンゴ食べてる途中だし、ついてきてもらうのもなんか悪い。それに、自販機ぐらいひとりで行けるもん！
「そ。変なヤツには気をつけて」
「うん！」
私は勢いよく屋上を出た。
……うんって元気よく言ったのはいいんだけど……。
変なヤツってなんだろう。
不審者？　まぁいっか。
それより、なに飲もうかな？
うーん。今の気分は……オレンジジュースかな？
少し歩いて、階段を下りたところにある自販機にたどり着くと私は絶望した。
……オ、オレンジジュースが。
ない!!
売り切れってそんなぁ。
他の飲み物は全部あるのに、なんでよりにもよってオレンジジュースだけ売り切れなの……。ツイてないなぁ……はぁ。購買に行ったら売ってるかな。

でもなぁ、購買遠いしなぁ。うーん、でもやっぱりオレンジジュース飲みたい……。

「あ、美憂ちゃん」

葛藤(かっとう)していると、聞き覚えのあるクリアな声が耳に入ってきた。

素早く振り返る。

「っせ、星司くん」

驚きで声が裏返ってしまった。

は、恥ずかしい……！

「あはは、そんな焦らなくても」

「あ、あはは……」

今日も笑顔がステキです、星司くん。

私はその笑顔をこんなに間近で見られただけで、天に昇っていけそうです。

「で、今日はなんでガックリしてるの？」

「い、いやぁ、それが……オレンジジュース買おうって思ったらオレンジジュースが売り切れで……どうしても飲みたい気分だから購買に買いにいくか迷ってて……ほんとツイてないよね、自分の欲しい飲み物だけが売り切れなんて」

あはは、と笑い飛ばしながら話すと、星司くんがなにか思いついた表情をした。

「もしよかったらさ」

星司くんは持っていたビニール袋をゴソゴソとあさる。

「ん？」

「これ、あげるよ」

「……え!?」
　星司くんが私に差しだしたのは、缶のオレンジジュースだった。
「これって星司くんのじゃ……」
「遠慮はしなくていいから、ね？　美憂ちゃんが困ってるの見たら助けたくなっちゃったからさ。受け取って？」
　星司くん……やっぱりアナタは本物の王子様です。
　アナタ以上の紳士を見たことがありません……！
　本当におとぎ話から飛びだしてきた王子様みたい……。
「じゃ、じゃあお言葉に甘えて……！　あ、お金お金……」
　財布からお金を出そうとしたら、星司くんはそれを止めた。
「いいよ、俺が好きであげたんだし」
「で、でも……」
「遠慮はいらないよ、ね？」
　はぁ……、私はその爽やかで優しい笑顔だけでもう十分です……。
　星司くん、好きです。
　好きじゃ足りないほど、大好きです。
「あ、ありがとう……！」
　星司くんの笑顔に胸がキュンとして、顔が赤くなってしまったのを隠すように下を向いた。
「困ったときはお互い様だよ」
「っ」
　優しい声でそう言うと、星司くんは私の頭に手をポンとのせた。

　ヤ、ヤバい……！　星司くんの手が頭の上に……！

「ま、またいつかお礼させてね！」

　２回も助けてもらったんだもん、お礼をしないと。

「お礼なんてそんな、気つかわなくていいよ」

「ううん！　お礼がしたいの！　だから……」

「じゃあ……」

　星司くんは私の目をじっと見つめた。

「お礼は美憂ちゃんからのキス、がいいな？」

「へっ!?」

　甘い声で星司くんが衝撃的なことを言うから、私の思考回路は停止した。

　キ、キス……？

「俺とのキス、イヤ？」

「う、ううん！　そんなんじゃなくて……」

　そんなんじゃない。

　そんなんじゃないんだけど、でも……。

「あはは、ごめん。困らせちゃった？」

「あ……いや」

　冗談、だったのかな？

「美憂ちゃん、俺ね」

「う、うん……？」

「実はずっと前から美憂ちゃんのこと……」

「アンタ、人の彼女になにしてんの」

　星司くんがなにか言いかけたとき、聞き覚えのある声が背後からした。
「……っ」
　振り返ると、そこには拓磨くんがいた。
「た、拓磨くん……っ」
「はぁ……ったく、美憂はスキありすぎ。なにナンパされてんの」
　ナ、ナンパ!?
「ナンパなんてされてないよ!?　ただ、星司くんが助けてくれて……」
「へぇ」
「だから……その、星司くんはいい人っていうか……」
「……人の彼女にキスを迫るようなヤツが、いい人なんだ？」
　ひいぃ……！　た、拓磨くん、そこも見てたんだ……！
　笑顔なんだけど、目が全く笑ってない……。
「美憂ちゃんを責めるのはやめてあげて？　俺が冗談を言って美憂ちゃんを困らせてただけなんだ」
　星司くんが横から拓磨くんをなだめる。
「冗談……？」
「そう。美憂ちゃんがアワアワしてるときの表情って、なんだか可愛いからさ」
「へ!?」
　かっ、可愛い!?
　星司くんが今、私のこと可愛いって……！
「アンタ、殺されたいの？」

拓磨くんはイラついた表情で、星司くんの胸倉を掴んだ。
「た、拓磨くんやめて……！」
こんな状況だというのに、星司くんはビビりもせず、ニコニコしている。
「いいよ、殴りたいんだったら殴っても」
「せ、星司くんっ」
ダメだよ！
拓磨くんに殴られたら大怪我しちゃうよ……！
私はどうしていいのかわからず、心臓をバクバクさせながらふたりを見つめていた。
拓磨くんが星司くんを殴ってしまうのかとヒヤヒヤしていると、拓磨くんは星司くんを睨んでから舌打ちをして掴んでいた胸倉を離した。
「殴らないの？」
「もう、むやみに人を殴るとか、そういうのやめたから」
そっか、そういえばそんなこと言ってたな。
……拓磨くんは、今までどのぐらいの人を殴ってきたんだろう。
やっぱり、数えきれないほど？
どうして拓磨くんは、不良になってしまったのだろう。
「……へぇ」
拓磨くんの言葉を聞いたときの星司くんは、不敵な笑みを浮かべていた……ような気がした。
「どうしてキミが美憂ちゃんと付き合ってるのか知らないけど、美憂ちゃんを自分勝手に振り回すのはよくないと思うよ」

自分勝手に振り回す、って……。

星司くんも、私が拓磨くんに無理矢理付き合わされてると思ってる、ってこと？

「星司くん、ちが……っ」

「じゃ、俺はこれで。またね、美憂ちゃん」

私が誤解を解く前に、星司くんはニコッと笑って去っていった。

私のせいで拓磨くんは、どれだけ悪者にされてしまうんだろう。

悪いのは全部私なのに……。

「美憂、屋上に戻るよ」

「……拓磨くん」

ブレザーのポケットに手を入れて、屋上へ帰ろうとした拓磨くんの袖を掴む。

言わなきゃ……ウソをついてるって……。

「あのね、私……っ」

「美憂」

真実を言おうと口を開いたとき、拓磨くんは私の頭をポンと撫でた。

そのときの拓磨くんの表情は、すごく切なくて悲しそうだった。

「拓磨……くん？」

どうして、そんな表情をするの？

今、拓磨くんはなにを考えてるの？

わかんないよ……。
「なにも言わなくていいから」
それだけ言うと、屋上の方へと歩きだした。
「拓磨くん、待ってよ～」
慌てて拓磨くんに追いつく。
「拓磨くん、どうかしたの？」
「…………」
私の問いかけに拓磨くんはなにも言わない。
「ねぇ、拓磨く……きゃっ！」
――ダンッ。
すると、いきなり拓磨くんが私を壁に押しつけた。
私は拓磨くんと壁に挟まれる。
拓磨くんの表情が見えないから、なにを考えているのかわからない。
私の胸はドクドクと音を立てはじめる。
「あの……っ拓磨く……」
「……呼ばないで」
「え……？」
拓磨くんの言葉の意味がよくわからなかった。
「そうやって……何回も名前呼ばれると、苦しい」
「くる、しい……？」
どうして……？　なんで、苦しいの……？
「……ごめん」
拓磨くんはポツリとつぶやくように言うと、私の肩に頭をのせた。

「俺は……人を好きになることが、怖い」
「え……？」
　人を好きになることが……怖い？
「それってどういう……」
「やっぱなんでもない、ごめん」
　ハッと我に返ったように言うと、私から離れて屋上の方に歩きだす。
　拓磨くん……やっぱり過去になにかあったんだ。
　今、拓磨くんが苦しんでいるなら、助けてあげたい。
　でも、どうしてあげたら……。
　私にはなにもできないのかな。
　会話のないまま、屋上に着き地べたに座る。
　そこには、空になったタッパーが置いてあった。
「リンゴ、完食したんだ」
「あぁ、美憂にも残しておこうかなって思ったけど、やっぱりガマンできなかった」
「ふふ、全然いいよ。拓磨くんがおいしく食べられたなら」
　拓磨くんがひとりで黙々とリンゴを食べているのを想像したら、なんだか面白くて思わず吹きだす。
「なんで笑ってんの」
「ううん、別に～」
「ふぅん……で、それは飲まないの？」
　拓磨くんが私の持っている缶を指さす。
「あぁ、うーん、なんだかオレンジジュースの気分じゃなくなっちゃった」

星司くんには悪いけど、拓磨くんの様子を見ていたら飲む気分じゃなくなった。

また帰ってから飲もう。

「そう。じゃあ、そろそろ教室戻るか。次、体育だし」

「うんっ！」

私と拓磨くんは片づけると、屋上をあとにした。

「……はい」

教室に戻ると、拓磨くんがジャージを差しだした。

「あ、ありがとうっ！　洗濯して返すから！」

「別にいいよ。そのまま返してくれて」

「ううん！　ちゃんと洗濯する！」

「そう。じゃ」

拓磨くんはカバンを持って、男子が着替える用の教室へ移動していった。

男子は隣のクラス、女子はうちのクラスで着替えることになっている。

私もさっさと着替えちゃおーっと！

拓磨くんに借りたジャージと体操着を持って、葵ちゃんのところへ。

「葵ちゃん、着替えよー」

「ジャージ、矢野拓磨に借りたの？」

葵ちゃんはさっきの様子を見ていたのか聞いてきた。

「うん、今日ジャージ忘れてきちゃって、拓磨くんが２枚持ってきてるって言うから借りたんだ」

「へぇ～、仲よしカップルね」
「な、仲よしカップル!?」
　私と拓磨くんが仲よし……？
「そんな、私と仲よしだなんて拓磨くんに悪いよ！　拓磨くんは私のこと好きじゃないんだし、そんなこと言われても迷惑なだけだよ」
　自分で言っておいて、拓磨くんが私のことなんとも思っていない事実に胸が苦しくなる。
　どうして、こんなに胸が苦しくなってるんだろう……私。
「へぇ、美憂のこと好きじゃないか……そんなふうには見えないけどなぁ？」
「そ、そんなワケないよ！」
　拓磨くんが私のこと好きだなんて、そんなのありえない。
　私、拓磨くんに迷惑かけてばっかだし……。
「だってさぁ、好きでもない人にジャージ貸すとか普通できる？」
「そ、それは……」
「やっぱり、好きなんじゃない？　美憂のこと」
「いやいやいや！　違うよ、拓磨くんは優しいから……っ」
　そうだよ、拓磨くんは優しいから……。
「ていうか、しばらく矢野拓磨のことを話さないうちに、美憂、だいぶ仲よくなっててビックリ」
「へ!?」
「だって、最初、矢野拓磨の彼女になっちゃったとき、めちゃくちゃビビッてたじゃん」

それは……そうかもしれない。

拓磨くんのことを最初は怖い人としか思ってなくて、でも、関わってみたらすごく優しい人で……。

「もしかして、星司くんから心変わりした？」

葵ちゃんがニヤニヤしながら言った。

「ち、違うよ！　話すのに慣れてきただけだよっ」

私が好きなのは星司くん。

入学式からずっと……変わらない。

でも……。

たまに、拓磨くんにドキドキしたり、胸がキュンとしたりするんだ。

私は……拓磨くんのことをどう思ってるんだろう。

自分でもよくわからない。

「はいはい、そろそろ行かないと遅刻しちゃうよ」

「う、うん……」

拓磨くんの貸してくれたジャージを着て、教室を出た。

ジャージ、ぶかぶか……。

拓磨くんも男の子なんだなぁ。

あ、拓磨くんの……匂いがする。

甘くて優しい匂い……。

この匂い、結構好きだなぁ……って、私ヘンタイみたいじゃん！

あれ……なんで拓磨くんの匂い、知ってるんだろう。

初めて一緒に帰ったときの電車内でのことや、頭を撫でられたこと、そして……さっき肩に頭をのせてきたことが思いだされる。
　拓磨くんの匂いを覚えちゃうほど……一緒にいるって、近くにいるってことなんだ。
　今日の体育は男子はソフトボール、女子はテニスだ。
「はい、じゃあラケットを持ってふたり１組でラリーをしてください」
　先生の指示で葵ちゃんとラケットを持って、コートでラリーを始めた。
「葵ちゃーん！」
　ボールを持って、葵ちゃんに合図をする。
　そして、ボールを葵ちゃんに向かって打った。
　……はずだった。
「美憂、大丈夫!?」
　思いっきりラケットを振った私は、見事にからぶって１回転してこけた。
　なんてドジなんだ……。
　心配そうに葵ちゃんが駆け寄ってくる。
「いてて……」
「もう……美憂ってばドジなんだから……」
「えへへ……ごめんごめん」
　幸い、長袖長ズボンを履いていたからケガはなかった。
　拓磨くんが長袖を貸してくれたおかげだ。
　ふと、テニスコートの外を見る。
　コートの外では男子がソフトボールをしていて、拓磨くんを探す。

「え……」

　拓磨くんを見つけた私は声を漏らした。

　ウソ、拓磨くん……。

「あれ、矢野拓磨、ジャージ２枚持ってるって言ってなかった？」

「そのはずだったんだけど……」

　拓磨くんは半袖でソフトボールをしている。

　半袖なのは拓磨くんぐらいだ。

「もしかして……」

「矢野拓磨、ウソついたんじゃない？　美憂が遠慮するから」

　そうかもしれない。

　こんなに寒いのに私にウソついてまでジャージを貸してくれたの……？

「どんだけ美憂のこと好きなの、アイツ」

「ちっ、違うよっ」

　ヤダ……拓磨くん、なんでそんなに優しいの？

　そんなに優しくされたら私……。

「美憂？」

「また、拓磨くんにお礼言っておかなくちゃ。さ、続きやろ！」

　私は笑顔でそう言って、ごまかす。

　どうしよう、胸がドキドキして熱くて……全然集中できないよ……。

　拓磨くん……なんで私に優しくするの？

好きでもない私に……。
いくらなんでも優しすぎるよ。
私、何度も何度も助けてもらってる……。
もしかして私……拓磨くんのこと……？
いやいや、そんなはずは……！
「ぶっ！」
「美憂!!」
ボーっとしていたら、葵ちゃんの打ったボールが顔面に直撃した。
また葵ちゃんが慌てて私に駆け寄ってくる。
「美憂、大丈夫!?」
「だっ、大丈夫……」
オデコだったからまだセーフだった。
けど、やっぱり痛い。
「オデコにたんこぶできちゃ困るし、保健室で保冷剤もらおう？」
「うん……」
「先生、私の打ったボールが美憂のオデコに当たっちゃったので、ちょっと保健室行ってきます」
「あら、桐野さん大丈夫？　行ってらっしゃい」
「はい……」
葵ちゃんに連れられて、私は保健室に入った。
「失礼します」
保健室に入ると、誰もいなかった。
「先生、いないみたいだね」

「うん……」
「えっと……あ、あった。はい、これしばらくオデコに当てときな？」
　葵ちゃんが冷凍庫から保冷剤を取り出す。
「ありがとう」
　保冷剤を受け取って、オデコに当てた。
　かなり強いボールが当たったからか、オデコが熱い。
「美憂、ごめんね」
「ううん！　私がボーっとしてたから……」
　はぁ……ほんとにドジだなぁ、私。
　どうしてすぐにボーっとしちゃうかな……。
「私、戻るけど美憂はもうちょっと休む？」
「あぁ、じゃあもうちょっと休んでから戻るね」
「わかった」
　葵ちゃんは手を振って、保健室を出ていった。
「はぁ～……」
　長椅子に座って、ため息をつく。
　あー、もう拓磨くんのせいだ。
　拓磨くんが優しすぎるからいろいろ考えちゃって……。
　拓磨くんのことを考えるとなんだか胸が尋常じゃないぐらいドキドキする。
　なんでこんな気持ちになるんだろう……。
「拓磨くん……」
「呼んだ？」
　ポツリとつぶやいたとき、聞き覚えのある声が聞こえてきた。

　顔を上げると、ドアのところに拓磨くんが立っていた。

「たっ、拓磨くん……っ！」

　名前言ったの、聞かれちゃった……。

　っていうかなんでここに!?

「どうして……」

「美憂が親友とどこか行くのを見たから、さっきその親友に事情を聞いてきた」

「葵ちゃんに……？」

「なに、テニスボールがオデコに直撃したんだって？」

　心配そうに拓磨くんが私の前髪を上げて、オデコを見る。

　拓磨くんの手がオデコに触れて、私の胸はまた熱くなる。

「えへへ……」

「ほんとドジだよね」

「自覚してます……」

　自覚しててもなかなかこのドジさは治らない。

　どうすればいいのやら……。

「で、なんでさっき俺の名前言ってたの？」

　ギクッ……。痛いところつかれた……。

「それは……その……」

　どうにかごまかさなきゃ……！

　あ、そうだ。

「た、拓磨くん、そういえばジャージ２枚持ってきてたんじゃ……なかったの？」

「あぁ、２枚持ってきたって思ったけど１枚しかなかっただけ」
「じゃ、じゃあやっぱりジャージ返すよ！　汗はかいてないから安心して……！」
　と、慌ててジャージを脱ごうとしたら阻止された。
「いいよ別に」
「で、でも、拓磨くんが風邪ひいちゃ困るし……」
「じゃあ、こうすればいいじゃん」
　拓磨くんはジャージを取って、私に密着するように座ると、背中にジャージをかけた。
　え、ちょ、み、密着してる……っ！
　ヤバいよ、心臓が……！
「これでふたりともあったかいでしょ」
「う、うん」
　私は平然を装うのに必死だった。
　拓磨くん、なんでそんなに平然としてられるの？
　私が意識しすぎなのかな……。
　すると意識しすぎて固くなっている私を、抱き寄せた。
「あわわ、た、拓磨く……っ」
「なに固くなってんの」
「だっ、だって」
「俺のこと、意識してんの？」
「ふぇ!?」
　拓磨くんの言葉にビックリしすぎて変な声が出た。
　なっ、なんでこのタイミングでそんなこと……。
「あはは、顔真っ赤だよ？」

「あ……ぅ……」
「……お前、その顔やめろっての」
「ど、どういう意味……ひゃっ！」
　真面目な表情で、拓磨くんが私の手首を掴んで長椅子に押し倒した。
「そういう顔されると、お前のこと襲いたくなる」
　お、襲うって……。
　多田くんに言われた、襲うの意味を思いだす。
「じょ、冗談はや、ややや、やめてよ！　ね!?」
　拓磨くんが私を襲いたいなんてそんなの、冗談に決まってる。
　……でも、拓磨くんの目は本気で。
「……俺が冗談言ってるように見える？」
　低くて透き通った声が、私の耳に注がれる。
　冬の寒さなんて感じられないほど、私の全身は熱い。
「あ、あわ、拓磨くんっ、その……」
「なんでそんな無防備なワケ？」
「えっ、と」
「あんまり煽(あお)んないでくれる？」
　拓磨くんの表情は苦しそうで……私はどんな反応をしていいのかわからなかった。
「あの……」
「……ごめん、俺なにしてんだろうね」
　あはは、と笑いながら私から離れる。
「放課後、なに食べにいくかちゃんと考えておきなよ」

「あ……そうだった」
「じゃ、俺は戻るから」
「あ、ありがとう……」
　ひょいと手を挙げると、逃げるように去っていった。
「…………」
　自分の胸に手を当てる。
　胸が……すっごくキュウッてなって、苦しい。
　なんだろう、この気持ち。
　鼓動もすごく速い……。
　頭には拓磨くんが浮かぶ。
　拓磨くんは……私のこと、どう思ってるの？
　たまに見せる悲しそうで苦しそうな表情には、拓磨くんのどんな気持ちが込められてるの？
「わかんないよ……」
　私って、拓磨くんのことを全然わかってないんだ。
　いやでも、好きでもなんでもないんだもん……、知る必要は……。
　知る必要は……ない。
　けど、やっぱり拓磨くんのことを知りたい。
　過去のことも気にしないって思ってたけど、やっぱり気になる。
　教えてって言ったら、どんな表情をするかな……？
　──キーンコーン。
　考えこんでいると、チャイムが鳴ってしまった。
　拓磨くんの置いていったジャージを着て、保冷剤をオデコに当てながら保健室を出る。
「あ、美憂ちゃん」
「せ、星司くん……っ」
　教室に戻っていると、星司くんとバッタリ会った。
　なんか最近、よく会うなぁ……。
　もしかして、運命!?　なんてね。
「どうしたの？　オデコ、ケガでもしたの？」
「実はテニスボールが直撃しちゃって……あはは」
　は、恥ずかしい……。
　星司くんにこんなドジなところを知られちゃうなんて。
「なんか、美憂ちゃんらしいね」
「え!?」
「ドジなところも可愛いよ」
　星司くんは爽やかな笑顔で言う。
「えっと、その……っ」
　そんなに爽やかに可愛いって言われてもどんな反応していいのかわかんないよ……！
「そんな困った顔しないで？　俺は美憂ちゃんを褒めてるんだからさ」
「う、うん。ありがとう……？」
「……その、ジャージって美憂ちゃんの？」
　少し険しい表情で私の着ているジャージを指さす。
「いや、これは拓磨くんのジャージ……」
「なんか妬いちゃうな。彼氏と仲いいんだね」
　や、妬いちゃうって……ヤキモチ？

いやいやいや、それじゃまるで星司くんが私を好きみたいじゃん！

じゃあどういう意味なんだろう？

「……美憂ちゃん？」

考えこんでいると、名前を呼ばれてハッとする。

「そ、そうかな？　あはは……」

「俺も、美憂ちゃんみたいな可愛い彼女が欲しいなぁ」

「えっ!?」

私みたいな……彼女が欲しい!?　星司くんが!?

「そんな、私みたいなドジでバカな彼女なんて、やめておいた方が……！」

「なんで？　見てるだけで癒（いや）されるし、元気になれるじゃん」

星司くん、私に気をつかってくれてるのかな……？

なんて優しい心の持ち主なんだ……。

「えへへ、ありがとう」

「俺は思ったことを言っただけだよ。じゃ、そろそろ行くね」

「うん、またね」

星司くんの笑顔に癒されて、ウキウキで教室に戻った。

「もう、美憂ってば、なにしてたの？」

着替え終わった葵ちゃんがため息をついて私を見る。

「ごめんごめん」

「……もしかして、あれから矢野拓磨とイケナイことでもしてたんじゃ……っ」

「し、してないよ！」

でも……。

拓磨くんに押し倒されたことを思いだして、顔がボッと熱くなる。

「み、ゆう？　大丈夫？　まさか襲われたんじゃ……っ！」

「な、ないない！　絶対ない！」

ない、けど……。

脳裏(のうり)に拓磨くんの悲しそうな表情が浮かぶ。

「最近ね、拓磨くん……ふと、悲しそうな表情をするの」

「悲しそうな表情？」

「そう。私のカン違いでなければ、拓磨くんの過去になんかあったんじゃないかって思うの」

「うーん……それは本人に聞いてみなきゃ、わかんないよね……」

でもなぁ、本人に聞くのはちょっと怖いというか……。

拓磨くんが傷ついちゃったりしたらイヤだなぁって思ってしまう。

『俺は……人を好きになることが、怖い』

そう言ったときの拓磨くんの表情が忘れられない。

「人を好きになることが、怖い……ってどういうことだろう」

「それ、矢野拓磨が言ってたの？」

「うん……」

私にはわからない。

私は星司くんを好きになってからずっと、星司くんを目で追いかけたり、目が合うだけでドキドキしたり、すれ違うだけで嬉しかったり……。

　怖い、なんて全く思ったことがなかったから。

「過去に好きな人を失ったとか？」

「そう、なのかな」

「いや、これは勝手な私の考えだから、やっぱり本人に聞くべきじゃない？」

　そうだ。思いきって聞いてみよう。

　ずっとこうやってモヤモヤしてるのもイヤだしね。

「うん、思いきって今日の放課後聞いてみる！」

「そうね、それが一番よ」

　拓磨くんから借りたジャージをたたんで、カバンの中に入れた。

「ていうか美憂、ほんとアンタって幸せ者だよね〜」

「え？」

「美憂を保健室に送ってテニスコートに戻る途中、矢野拓磨が息を切らして私のところに来てさ、『美憂どうかしたのか』って」

「拓磨くん……」

　拓磨くん、そこまで私の心配して……。

「そんなに美憂のこと思ってくれる人、なかなかいないんじゃない？」

「葵ちゃんにだって、多田くんがいるじゃん？　そういえば、最近多田くんとどうなの？」

　ふたりの近況を全く最近聞いてなかった。

　拓磨くんとか自分のことでいっぱいいっぱいで……。

「ど、どうって別に……なにもないけど」
「ウソー！　メールとかしてるんじゃないの？」
「メールはたまにする……けど、でも、お兄ちゃんがずっとケータイ触ってると男ができたのか!?ってうるさいから、あんまり頻繁(ひんぱん)にはしない」
「そ、そっかぁ……」
　葵ちゃんのお兄ちゃんの“葵ちゃん愛”は、すごいもんなぁ……。
　あんなに妹を大切にするお兄ちゃんも珍しい。
「ほんと、ひとりぐらい早く家出ていけっての。３人も過保護なお兄ちゃんがいたら、めんどくさくて仕方ない」
「でも、優しいお兄ちゃんたちじゃん」
　一度、家にお邪魔したことがあるけど、ケーキを買ってきてくれたり、ジュースを出してくれたり、すごく優しいお兄ちゃんばかりだった。
「どこが!?　あんなんだから、彼女もロクにできないんだよ……」
「あはは……」
　そういえば前に、一番上のお兄ちゃんの付き合ってた彼女と葵ちゃんの誕生日が一緒で、お兄ちゃんが葵ちゃんの誕生日を優先して、フラれたって言ってたな……。
　――キーンコーン。
「じゃ、またあとでね」
「うん！」
　自分の席に戻ると、６時間目の教科の教科書類を机の上に出す。
　すると、拓磨くんが戻ってきた。
「美憂、オデコ大丈夫？」
「あ、うん！　保冷剤当ててたらマシになってきたよ！」
「そっか」
　フッと笑った拓磨くんにドキッとする。
　なんで私こんなにドキドキしてるんだろう……。
　星司くんにドキドキしてた感覚と似ている。
　いや、もしかしたらそれ以上にドキドキしてる……。
　いやいや、でも私は拓磨くんのことは好きじゃない、し。
　気のせいだよ、気のせい。
「あ、そういえば、今日の放課後なんだけどね！」
　私はひとつあることを思いだした。
「うん」
「駅前に最近できたカフェに行きたいなぁって。そこのアップルパイがすっごくおいしいらしくて、拓磨くんと行ってみたいなぁって思ってたの！」
　前に買った雑誌のオススメカフェ特集に載ってて、そのアップルパイがすごくおいしそうだったんだ。
　そのときに、拓磨くんと行きたいなって思ったんだ。
「そっか、じゃあそこに行こっか」
「うんっ」
　あー、楽しみだなぁ。
　寄り道なんて久しぶりな気がする。
　最近、休日も葵ちゃんと遊んだりしてなかったし。

「美憂、にやけすぎ」
「だって楽しみなんだもんっ」
　アップルパイ……想像しただけでお腹が空く。
　早く食べたいなぁ。

「はい、じゃあ解散。また明日！」
　ＨＲが終わり、担任の声でみんな教室を出ていく。
「拓磨くん、早く早くー！」
「美憂はしゃぎすぎ」
　手招きする私を見て、優しく笑う拓磨くん。
「もう、早く行こうよ！」
「ちょ、美憂！」
　私は拓磨くんの腕を引いて、カフェに向かった。
　拓磨くん、最近元気ないんだもん。
　アップルパイで少しでも元気になってくれたら……。
　なんて、考えが単純すぎるかもしれないけど。
　私にできることなんて、それぐらいしか思いつかなかった。
「ここだよ！」
　歩くこと15分、目的地のカフェに着いた。
　最近できたばっかりだから、とても綺麗(きれい)で雰囲気のいいお店だ。
「入ろ！」
　強引に拓磨くんの腕を引いて中に入る。
「いらっしゃいませー！　２名様でしょうか？」

「はい！」
「こちらの席にどうぞ」
　ウエイトレスさんに案内された席に向かい合って座る。
「わぁー！　アップルパイだ！」
　メニューを見て、アップルパイを指さす。
　そのアップルパイは写真だけどおいしそうで、思わずテンションが上がる。
「私これにする！　拓磨くんは？」
「じゃあ俺も」
　それから、拓磨くんがウエイトレスさんに声をかけて注文してくれた。
「ふふ、楽しみだねっ」
「そうだね。ていうか、子どもみたい」
「こ、子どもって……！　私はれっきとした高校生だもん！」
「はいはい」
　たしかに身長は低いけど、ちゃんと心は大人だもん！
「お待たせいたしました、オススメのアップルパイです」
　しばらくすると、注文していたアップルパイは運ばれてきた。
「わぁ……！」
　私は思わず声を漏らす。
　写真で見るよりも何倍もおいしそうだし、とってもいい匂い……！
「いただきまーすっ！」

ひと口、アップルパイを食べる。
その瞬間、リンゴの甘さが口の中いっぱいに広がった。
「んー！　おいしい！」
「おいしいね」
拓磨くんも幸せそうに微笑む。
こんなアップルパイ、初めて食べたかも……。
何個でも食べられそう！
「幸せそうだね」
「うん、すっごく幸せ！　拓磨くんも幸せそうだよ」
こんなに優しく、幸せそうに笑う拓磨くんを初めて見たかもしれない。
「そうかな？」
「うん、最近拓磨くん元気なかった……から、少し心配だったんだ」
「え……」
「でも、笑顔になってくれてよかった」
なんでかな？
拓磨くんが幸せそうにしていると、私も幸せな気持ちになる。
「さんきゅ、美憂」
「ううん！　いつも助けてもらってばかりだったし……。あ、ジャージありがとうね！　本当に助かった！」
「いいよ、別にそれぐらい」
照れているのか、少し目をそらす拓磨くん。
その姿が可愛くてキュンとする。

「さ、そろそろ帰ろっか」
「うん、そうだね。えっと、値段は……」
　伝票を確認していると、拓磨くんに阻止された。
「いや、いいよ。俺が払う」
「え!?」
「元気づけてくれたお礼」
　拓磨くん……。
「ほんとに、いいの？」
「あぁ」
「じゃあ、お言葉に甘えて！」
　会計を済ませ、私たちはカフェを出た。
「おいしかったね～」
「そうだね」
「また来ようね」
「あぁ」
　あのお店、葵ちゃんにもオススメしちゃおうっと！
　えへへ、早くもう１回行きたいなぁ。
　……あ、そうだ。
　私……拓磨くんに聞こうって思ってたんだ。
　でも……なんだか言いだしにくい。
「……どうかした？」
　私の視線に気づいた拓磨くんが、不思議そうに見てくる。
「えっとその……、た、拓磨くんに聞きたいことがあって」
「俺に聞きたいこと？」
　頑張れ、頑張るんだ私！　勇気を出して聞くんだ！

「あのね、拓磨くんって過去になにかあったの……？」
　思いきって聞いてみた。
　が、拓磨くんは立ち止まって下を向いた。
「た、拓磨くん……？」
「なんで急に？」
「いや……人を好きになることが怖いって言ってたから」
「別に、大したことじゃないよ」
　顔を上げて、笑う拓磨くん。
　でも、その笑顔は作り笑顔にしか見えないのは……気のせい？
「で、でも、最近の拓磨くん……変だよ。ずっと苦しそうにして……」
　いくら鈍感な私にだってわかる。
　それほど、拓磨くんは苦しそうなんだ。
　その理由が……知りたい。
　私じゃ頼りないかもしれないけど、少しでもなにかできることがあるなら……助けてあげたい。
「拓磨くんのその寂しそうな表情……見てられないよ」
　拓磨くんが幸せそうにしてると、私も幸せな気持ちになる。
　でも、拓磨くんが寂しそうだと、私も寂しくなるんだ。
「だから大したことじゃないって……」
「私は、どんな些細なことでも拓磨くんのことを知りたい！　私になにかできることがあるなら、どんなに小さなことでもしてあげたい！　だから……っ」

「……お前になにがわかんだよ」
　拓磨くんが聞いたこともないような低い声で私の言葉を遮った。
「え……？」
「俺のことわかったような言い方すんじゃねぇよ」
　拓磨くんの鋭い目つきに胸が痛む。
「そ、そんなつもりじゃ……っ」
「今までずっと幸せに暮らしてきたお前に、俺の気持ちがわかるワケねぇよな」
「拓磨くん……っ！」
「…………」
　私の呼ぶ声を無視して、拓磨くんは去っていった。
　私は、追いかける気になれず、その場に立ち尽くした。
「どうしよう……私……っ」
　私……拓磨くんを傷つけてしまった。
　よく考えてみれば、そうだよね。
　拓磨くんの気も知らないで、拓磨くんの気持ちに土足で踏みこんで……。
　サイテーだな、私。
「う、うぅ……っ」
　どうしたら……私の気持ちは伝わったのかな？
　拓磨くんにとって私の気持ちは、迷惑だったのかな？
　拓磨くん……ごめんね。
　私、本当にサイテーだ……。
　謝って許されることじゃないけど、明日謝ろう。

そうすればきっと拓磨くんもわかってくれるはず。

「…………」

私は制服の袖で涙を拭うと、駅に向かった。

そして、久しぶりにひとりで電車に乗った。

ひとりってこんなに寂しかったっけ……。

最近ずっと拓磨くんと一緒だったから、もうわかんないや……。

電車に揺られて、窓の外を見つめる。

電車から見える景色も、電車内の人の多さも、いつもと変わらないのに……。

今日ほど、下校時間を寂しいって思ったことはないと思う。

明かされる真実

　次の日の朝。
　――ブーブー。
　髪の毛をアイロンで伸ばしていると、近くに置いてあったケータイが鳴った。
「誰だろ……」
　アイロンを置いて、ケータイを確認する。
「あ……」
　拓磨くんからのメッセージだった。
《悪いけど、今日は遅刻していく》
　たったそれだけだった。
　やっぱり、昨日の私の言葉に相当腹を立てたんだ……。
　拓磨くん、口調が変わってたもん。
　拓磨くんの口調が変わるのは大体、怒ったときだ。
「……はぁ」
　もう……どうしたらいいの？
　拓磨くんにどんな顔して謝ればいいのかわかんなくなってきた……。
「おい、姉貴！　早く弁当作れよ！」
　日向が勢いよく部屋に入ってきた。
　あ……っ、そうだった。
　今日、私が作らないといけないんだった！
「俺、もうあと10分で家出なきゃいけないんだけど？」

「ごめんごめん、忘れてた」
　お弁当の存在なんてすっかり忘れてたよ……。
「もういい、今日は購買で買うし。つか、拓磨くん遅くね？」
「あぁ……拓磨くんは今日は来ないよ」
「なに、ケンカでもしたの？」
　日向ってば、カンがいいんだから……。
「まぁ、そんな感じかな……。私がしつこくいろいろ聞いちゃったせいなんだけどね」
「ふぅん、ま、姉貴ってデリカシーないもんなー」
　うっ……そんなにストレートに言われると、なんだか心にグサッとくる……。
「でも、ちゃんと謝れば拓磨くんも許してくれるだろ。拓磨くんって心広いし」
「そうだといいけど……」
「じゃ、そろそろ俺は行くわ」
「行ってらっしゃい」
　日向を見送った私はため息を何度もつきながら、朝ごはんの洗い物をした。

「……はぁ」
　教室に着き、私は今日何回目かもわからないため息をついた。
　拓磨くんの席にもちろん拓磨くんはいない。
　いつごろ来るのかな……。
「ちょっとちょっと、美憂!!」

自分の席に着いて、机に伏せようとしていると、葵ちゃんが勢いよく走ってきた。
「あ、おはよう葵ちゃん……」
「あ、じゃないわよ！　矢野拓磨はどうしたの!?　しかも美憂、ひどい顔……」
さすが葵ちゃん。私の変化に気づくなんて。
すごいなぁ……。
「あぁ、実は拓磨くんを怒らせちゃって……えへへ……」
本当は笑う気力もない。
なにをしてもすごく疲れる。
「もしかして、昨日聞くって言ってたことを聞いて……？」
「うん……やっぱり、余計なお世話だったみたい。私は拓磨くんの支えにはなれないみたい……」
私は拓磨くんのことを信用している。
だから拓磨くんも同じように思ってくれてるって、勝手に思いこんでた。
でも、実際は違ったんだ。
「矢野拓磨には、人に話せないほどの過去があったってことなのかな」
「たぶんそうだと思う。でも私が無神経に聞きだそうとしちゃったから……」
拓磨くんはもう、私のことがイヤになって別れようって言ってくるに違いない。
でも、なんでだろう。
拓磨くんとは別れたくないって思う自分がいる。

　私だって、早く拓磨くんと別れたいってずっと思ってたはずなのに。
　どうして……。
『今までずっと幸せに暮らしてきたお前に、俺の気持ちがわかるワケねぇよな』
　そう言ったときの拓磨くんのあの表情が頭に浮かぶ。
　ヤダ……拓磨くん、離れていかないで。
　ずっと私のそばにいてよ。
　私と別れて、他の女の子のところに行っちゃうなんて絶対にイヤ……。
「美憂？」
　葵ちゃんがずっと黙りこんでいる私の顔を覗きこむ。
　ねぇ、私、今ごろ気づいちゃったよ。
「葵ちゃん、私……」
　なんでこんなタイミングで気づいちゃったのかな。
「私……拓磨くんのことが、好き」
　ほんとに私はツイてないな。
「美憂……」
「どうしてだろうね、あんなに星司くん星司くんって言ってたのに」
　自分でもわからない。
　星司くんのことを大好きだった自分が、まさか正反対の拓磨くんを好きになるなんて思ってもいなかった。
　でも、私は星司くん以上に拓磨くんに助けられてきた。
　拓磨くんの笑顔も、照れくさそうな顔も、悲しそうな顔も、嬉しそうな顔も、全部全部知ってしまったから……。
　だから、もう拓磨くんから目が離せないんだ。
「私、とっくに気がついてたよ。美憂が矢野拓磨を好きだって」
「……え!?」
「正直、ずっと思ってたけど、美憂の星司くんへの想いって憧れじゃないのかなーって。星司くんの前よりも、矢野拓磨の前の方が美憂は自然でいられてる気がしてた」
　たしかにそうだ。
　私は星司くんを目の前にするといつも緊張して……。
　女の子らしく振る舞わなきゃっていう気持ちがあった。
　でも、拓磨くんの前では自然でいられた。
　一緒にいると楽しくて、笑顔でいられた。
　これが本物の恋ってやつ？
「矢野拓磨といるときの美憂はすっごく楽しそうだもん」
「葵ちゃん……」
「み、美憂ちゃーん!!!!」
　すると、勢いよく多田くんが教室に入ってきて、私の前で立ち止まった。
「あ、多田くん……」
「あ、あのさ！　拓磨となんかあった!?」
「えっ」
　多田くんの言葉に私は驚きを隠せない。
　な、なんで知ってるの!?
「いやぁ、実は昨日の夜、コンビニに行こうと外に出たら近所の公園に拓磨がいてさ。すっげぇ元気なかったから理由聞いたんだけど、なにも言ってくれなくて」
「拓磨くんが……？」
「俺はサイテーな彼氏だ……とかしか言わなくてさ」
　拓磨くんがそんなことを……？
　サイテーな彼氏って、そんなはずない。
　拓磨くんみたいに優しくて、一緒にいて楽しい彼氏、他にいないよ！
「ち、違うの！　悪いのは全部私なの」
「え？」
「実はね……」
　私は多田くんに昨日のことを話した。
　多田くんは私の話を聞いて、そういうことか、と納得した様子だった。
「多田くん、なにか知ってるの……？」
「あぁ、俺と拓磨は小学生のときからの付き合いだからな」
　ふたりって、そんなに付き合い長かったんだ。
　てっきり高校入ってからかと思ってた。
「んー、そうだな。休み時間じゃちょっと短いから、昼休みに少し話せる？」
「うん、ごめんね多田くん」
「そんな、謝らなくていいよ。拓磨はちょっと今、戸惑ってるだけだと思うから」
　昼休み……私は拓磨くんの過去を知るんだ。
　ずっと気になっていた拓磨くんの過去。

でも、拓磨くんの過去がどうであれ、私は拓磨くんが好きだ。

その気持ちは絶対に変わらない。

午前最後の授業が始まり、私はチラッと隣の席を見る。

拓磨くん、いつ来るんだろう。

もしかして、今日はもう来ないのかな……。

来てほしいなぁ。

拓磨くんの家を知らないし、家に行くこともできない。

あぁ、私ってやっぱり拓磨くんのほんの一部しか知らないんだな……。

自分の無力さに絶望して、机に伏せる。

「はぁ〜〜……」

拓磨くん……会いたいよ。

まだ拓磨くんと離れて24時間も経ってないはずなのに、もう会いたくて仕方ない。

会ったらまず、謝るんだ。そして、自分の気持ちを伝えたい。

「おい、桐野ー。起きてるかー」

そんなことを考えていると、先生に名前を呼ばれた。

慌ててバッと起きあがる。

「お、起きてます！」

「はい、じゃあ放課後、桐野は下駄箱の掃除な」

「え!?　な、なんで……」

私、ちゃんと起きてたのに!!

なんで掃除なんて……。

「俺の授業で居眠りしようとするヤツには、それぐらいしてもらわないと」

ウ、ウソ〜……。居眠りするつもりなんて全然なかったのに……。

「わかったか？」

「は、はい……」

ここで言い訳したところで、この先生には絶対通じない。

だからもう諦めるしか……。

私って……ほんとツイてない。

なんで私がこんな目に……。

やっぱり、人を傷つけてしまったから、神様が怒っちゃったのかな……。

絶対そうだ。はぁ。

すると、私の机の中からなにかが落ちた。

「あ……」

それは、私が星司くんにラブレターを書くときに使った便箋(びんせん)だった。

薄いピンク色のシンプルなお気に入りの便箋。

そうだ……拓磨くんにラブレターを……。

ラブレターを書こう。

自分の気持ちを全て文字にして……。

私は便箋を拾うと、袋から１枚紙を取り出して、ボールペンを走らせた。

無神経にいろいろ聞いちゃった私のことなんて、もう大キライかもしれない。

それでも、気持ちだけは伝えたい。

本音を言えば、今度は本物の恋人として隣にいてほしい。

ワガママすぎるけど、でも私はそれほど拓磨くんのことが好きなんだ。

便箋には自分の気持ちと……私がついたウソも書いた。

本当は拓磨くんじゃなくて、星司くんが本命だったこと。

拓磨くんが怖くて、カン違いだって言えずに付き合ったこと。全部正直に書いた。

「……よし」

――キーンコーン。

書き終えたのと同時にチャイムが鳴った。

封筒に書いた手紙をしまうと、ポケットの中に入れた。

「きりーつ、礼、着席」

終わりの挨拶がすむと、私は多田くんの席へ行った。

「美憂ちゃん、行こっか」

「うん」

私と多田くんは教室を出た。

「うーん、と。ここなら誰も来ないかな」

ひと気のない、屋上のすぐ下の階段まで来ると、多田くんが真剣な表情で私の方を見る。

「早速なんだけど」

「うん」

私は大きく頷いて、息をのんだ。

「拓磨は小さいころ、母子家庭だったんだよ」

「え？」

母子家庭、だった？　なんで過去形？
「離婚してから母親は働きながら、女手ひとつで拓磨を育てていたらしくてさ。でも、拓磨が3歳のときに警察に捕まってさ」
「け、警察!?　な、なんで……」
「……拓磨の母親は虐待(ぎゃくたい)をしてたんだ」
「ぎゃく……たい」
虐待という言葉に、私は驚きを隠せなかった。
実の親が子どもに虐待をするなんて……。
考えられないよ……。
「それから拓磨は施設で暮らして、小5のときに矢野家に養子に入って、俺と同じ小学校に転校してきたんだ」
多田くんは少し懐かしそうに上を向く。
「そのころの拓磨はさ、自分が施設に入った理由なんてまだ知らなくて。今よりも全然フレンドリーでよく笑って、みんなの人気者だった」
「あの、拓磨くんが……？」
フレンドリーでよく笑う子だったんだ……。
でも、どうして今は……。
「そう。でも、中1になったときに養父に自分が施設に入った理由を聞いたんだ。それからだよ、アイツが大荒れし始めたのは……」
多田くんは自分のことのように苦しそうに笑う。
「拓磨くんが不良になってしまったのは、そういう理由だったんだ……」

「今はだいぶ落ち着いた方だけど、でも、中学のときはケンカを売りまくって、売られたら絶対に買ってた。イラついたら人に当たって、物にも当たってた。だって……拓磨は……」
　そこまで言うと、多田くんはまた私の目を真っ直ぐ見た。
「拓磨は……ずっと、母親が帰ってくるって、信じてたから……」
「っ」
　拓磨くんは信じていたお母さんに裏切られたのが相当ショックだったんだ。
　でも、そんなの私が拓磨くんでも絶対そうだったと思う。
　愛してくれるはずの親が自分を愛してなかった、なんて知ったら誰だって……。
「拓磨が不良になったのはそれだけじゃない。拓磨が当時友達だって思ってたヤツに自分が母親に裏切られたことを冗談まじりに話したあと……みんなにそのウワサが広まって、拓磨を避け始めたんだ」
　多田くんの話に私の胸は締めつけられるように痛くなって……。
　言葉にできないほど、苦しかった。
「みんな、拓磨はかわいそうな子だって。拓磨には家族の話はしたらダメだって気をつかって、だんだんみんな拓磨から遠ざかっていった。でも、それが逆にアイツを傷つけたんだ」
　拓磨くんは……今までどれほどの傷を負ってきたんだろ

う。

　私はそんなこと知らずに……。

『子どものころの拓磨くんはきっと可愛かったんだろうなぁって思って』

『なんで』

『リンゴ食べてるときの拓磨くんが子どもみたいに嬉しそうだったから』

『……そっか。どうだったんだろうね』

　あのとき、私は拓磨くんをすごく傷つけた。

　今になって自分の罪の大きさに気づく。

　あぁ、私サイテーだ……。

「拓磨はそれから人と関わることを避けてたんだ」

「そう、なんだ」

　だから、拓磨くんは人を好きになるのが怖いって、言ってたんだね……。

　また自分が誰かを好きになっても、母親のように裏切るんじゃないかって、そう思ってるんだ。

「でもね、美憂ちゃんと出会って拓磨は変わったんだ。ようやくまた人を信用しようとしてる」

「拓磨くんは私を……？」

「うん。拓磨は美憂ちゃんを信用してるんだと思う。でも、自分の過去を聞いてきた美憂ちゃんが、自分から離れていくんじゃないかって怖がってるんだと思う」

　そんなの……あるワケないじゃん。

　私は逆にずっと拓磨くんと一緒にいたいもん。

　それぐらい拓磨くんのことが好き。
「だからこれからも……アイツのそばにいてあげて」
　多田くんの言葉に胸が熱くなって、不意に涙が零(こぼ)れ落ちた。
「うん……っ」
　涙を拭いながら、私は大きく首を縦に振った。
「もう、美憂ちゃんってば泣くなよ〜、俺が泣かせたみたいじゃん？」
　多田くんがあはは、と笑いながら、私の背中をさする。
「ご、ごめん……っ」
「拓磨も幸せだなぁ、こんなに想ってくれる子がいて」
「でもね、私、本当は拓磨くんじゃなくて、星司くんに告白しようとしてたの」
「……えぇー!?　星司って、矢野星司!?」
　大きく目を見開いて、すごいリアクションをする。
「うん、本当は星司くんに渡そうと思ってたラブレターを、拓磨くんに拾われちゃって、カン違いされて……。で、拓磨くんが怖くてそのまま付き合っちゃったっていうか」
「ウ、ウソ……まぁたしかに、最初ふたりと屋上で会ったとき、美憂ちゃんめちゃくちゃビビッてるなぁとは思ったけどさ!!」
「でも今は違うよ！　拓磨くんの優しさに触れていくうちに、気づいたら拓磨くんのことを大好きになってた」
　これはイツワリのない、本当の気持ち。
　胸を張って言える。

「だから……拓磨くんにもう一度、ラブレターを渡したいの」
「美憂ちゃん……」
「私、これからもずっと拓磨くんといたい」
　私の言葉に多田くんは嬉しそうに笑った。
「拓磨くん、今日は学校来ないのかな……」
「んー、俺も何回か電話してんだけど、全く通じなくてさ」
「そっかぁ……」
　残念だなぁ。
　拓磨くん、このまま学校に来なくなっちゃったらどうしよう。
「大丈夫、拓磨ならきっとまた、美憂ちゃんに会いに学校に来るよ」
「そうかなぁ」
　もう私の顔なんて見たくないって思ってるかもしれない。
　どうか、また拓磨くんが来てくれますように……。
　そう願うしかない。
「さ、とりあえず教室戻って葵ちゃんと3人でごはん食べよ？　葵ちゃん、待ちくたびれてるかも！」
「そうだね」
　私と多田くんは階段をあとにした。
「あ・お・い・ちゃーん!!　って、もう食べてんじゃん！」
「うるさ……だって多田くんと美憂が遅いんだもん。待ってられないわ」

多田くんの声に耳を塞ぎながら冷静に答える葵ちゃん。
「んー、でも葵ちゃんは可愛いから許す!!　俺も弁当食ーべよっと！」
「なにそれ……」
少し頬を赤らめながら呆れたように言う葵ちゃん。
ふふ、葵ちゃん照れてて可愛いなぁ。
なんて言ったら怒られそうだから言わないけど！
さてと、私もお弁当……って。
「あああーっ!!」
だ、大事なこと忘れてた。
「どうしたの？　美憂ちゃん」
「大声出さないでよ……」
「私、今日、購買でお昼ごはん買わなきゃいけないんだった」
そうだ、今日お弁当作る時間がなくて、購買で買わなきゃだったのに……。
すっかり忘れてた。
今さら行ったところで、なにも残ってなさそう……。
「あーあ、まぁとりあえず行ってきたら？」
葵ちゃんがため息まじりに言った。
「うん……行ってくる……」
カバンから財布を取りだすと、私は教室を出て購買に向かった。
「おばちゃん、なにか残ってるものある？　なんでもいいの！」
食堂のおばちゃんに声をかける。

「んーっとね、クリームパンがひとつだけあるよ」
「じゃあそれください！」
はぁ、よかったぁ……。
クリームパンでなんとか午後の授業と放課後の居残り掃除を乗りきるぞ！
「はい、100円ね」
「ありがとう！」
100円玉とクリームパンを交換すると、私は駆け足で教室に戻る。
「あ、美憂ちゃん」
「星司くん！」
すると、私の教室の前の廊下にいた星司くんに声をかけられた。
「オデコ、もう大丈夫なの？」
「うん、もう痛くないし大丈夫！」
「そっか、よかった」
星司くんはいつものようにキラキラした笑顔を見せる。
すごいなぁ、星司くん。
オーラがもう他の人とは違うもんなぁ……。
「まだ昼ごはん食べてなかったんだ」
私の手にあるクリームパンを見て言った。
「あぁ、うん。実は今日うっかりお弁当作るのを忘れちゃって……。最近、全然ツイてないんだよね」
「そうなの？」
「だって、今日も机に伏せてただけなのに、先生に居眠りしようとしてると思われて、放課後下駄箱の掃除させられることになっちゃったし……」
　自分の最近のツイてない率、高すぎるよ……。
「うわぁ、それは災難だね。俺も手伝おうか？」
「いやいやそんなっ！　申し訳ないよ」
「そっかぁ、じゃあ頑張ってね」
「うん！」
　星司くんはニコッと笑って手を振ると、自分の教室に帰っていった。
　私も教室に入ると、葵ちゃんたちのところに戻った。
「はぁ、なんとかクリームパンをゲットできたよ」
「よかったじゃん」
　葵ちゃんが紙パックのイチゴミルクを飲みながら言った。
「てか、美憂ちゃんって矢野星司と仲よかったんだね」
「仲いいっていうか、最近、星司くんがよく声かけてくれて……」
　入学してからは全くって言っていいほど話さなかったのに、最近になってよく話すようになった。
　なんでだろう？
「なんか矢野星司、キケンなニオイがする」
　多田くんが難しい表情で言った。
　星司くんがキケン……？
「そんなはずないよ～！　星司くんはすっごくいい人だよ」
　星司くんは誰にでも優しいし、カッコいいし、みんなの王子様だし、そんな人がキケンだなんてそんなはずない。
「うーん、なんか矢野星司って名前、どこかで聞いたことがあるんだよなぁ」
「星司くんはこの学校では有名だからじゃない？」
「そうなのかなぁ」
　多田くんはあんまりスッキリした様子ではなかった。
　だって、それ以外星司くんの名前を聞くなんてことないでしょ？
　私はあんまり気にはかけずにクリームパンを頬張った。

「はい、じゃあかいさーん」
　担任の声でみんな教室をゾロゾロ出ていく。
　……結局、拓磨くん来なかったなぁ。
　もしかしたら来てくれるかも！という私の淡い期待は崩れた。
　そうだよね……、拓磨くん、相当傷ついた表情してたもんね……。
「はぁ……」
「美憂、今日居残り掃除だったよね？」
　カバンを持った葵ちゃんが私の席にやってきた。
「うん……」
「あーあ、居残り掃除がなかったら一緒にクレープ行きたかったのになぁ」
「えぇ！　行きたかった!!」
　葵ちゃんと放課後デートなんて、もう数か月行ってない気がする。
　めちゃくちゃ行きたいよぉ……。
「じゃあ、美憂ちゃんの代わりに俺が行く!!」
　すると、横から多田くんが入ってきた。
「はぁ？　多田くんとクレープ行くぐらいなら帰る」
「そんなこと言わないでさ！　ね？　奢るからさ！」
　多田くん……必死だな。
　葵ちゃんのこと、大好きなんだなぁ。
「一番高いのでもなんでも奢るからさ！」
「うーん、じゃあ行く」
「やったー!!」
　多田くん、よかったね。
　葵ちゃんも少し嬉しそうだし。
　ふたりの会話を微笑ましく見ていた。
「じゃあね、美憂」
「美憂ちゃん、ばいばーい！」
「ふたりとも、また明日ね」
　ふたりに手を振ると、私もカバンを持って下駄箱に向かった。
　するとそこにはもう先生は来ていて、仁王立ちしていた。
「待ってたぞ、桐野」
「は、はい……」
「終わったら報告に来いよ」
「はい……」
「途中放棄したら承知しないからな」

「うっ……はい」
　はぁ、先生怖いです。
　今すぐに帰りたいよ……。私もクレープが食べたかったよ……。
　頼んだぞー、と先生が去っていき、私はホウキを持って掃き始めた。
「さっさと終わらせて帰ろ……」
　でも、地味に広い下駄箱。
　もうイヤになっちゃうよ。
　黙々と掃いているうちに生徒はいなくなって、私がホウキで掃く音だけが下駄箱に響く。
「……はぁ」
　やっと3分の1掃けたところで、ため息をつく。
　あぁ、帰りたいよ〜〜……。
　いつになったら終わるんだろう、これ。
「美憂ちゃん」
　すると、爽やかでクリアな声が背後から聞こえる。
　振り返ると、そこには星司くんがいた。
「あ、星司くん……まだいたんだね」
「委員会の仕事しててさ。掃除、手伝うよ」
「え！　いいよ！」
「そんな遠慮しなくていいよ。どうせ帰っても暇だしね。美憂ちゃんと話してる方が楽しいし」
　そう言って、掃除箱からホウキを出す。
「で、でも……」

「手伝わせてよ、ね？」
　そんなにキラキラした笑顔でお願いされたら、断れないよ。
「じゃあ、お願いします……」
「りょーかい。ここまで掃いたんだよね？　じゃあ、ここから向こうを掃けばいい？」
「うん！」
　あぁ、学園の王子様に掃除させるなんて私、神様にまた怒られそう。
　星司くんはなんでそんなに優しいんだろう……。
　星司くんは掃きながら、腕時計を頻繁に見ていた。
　もしかして、急いでるのかな!?
「星司くん、用事とかあるなら全然帰ってもいいんだよ!?」
「いや、違うんだ。この時計、ちょっと狂ってるなぁと思ってさ」
　そういうことか。
　ならいいんだけど……。
「そういえば今日、彼氏くんは来てないの？」
「あぁ、うん」
「ケンカでもした？」
　星司くんが心配そうに私の顔を覗きこむ。
「うーん、まぁそんな感じかなぁ」
「そっか」
　すると、星司くんは床を掃く手を止めた。
　どうしたんだろう……？

不思議に思っていると、星司くんがゆっくり口を開いた。
「美憂ちゃん」
「ん？　どうかした？」
私は俯く星司くんの顔を覗きこんだ。
「俺じゃ……ダメかな？」
「……へ!?　な、なにが!?」
「俺じゃ、美憂ちゃんの彼氏にはなれないかな……？」
星司くんの言葉を理解した私は、開いた口が塞がらなかった。
こ、これって……告白？　ウソでしょ？
「俺、入学式のときからずっと、美憂ちゃんが好きだったんだ」
「……っ」
星司くんが私のことを、好きだったなんて……。
「あの……え、っと」
どんな反応をしていいのかわからず、口をもごもごさせる。
星司くんも私と同じように、あの日から……。
そんなの、思いもしなかった。
でも……私には拓磨くんがいる。
今は拓磨くんしか目に入らない。
「俺だったら美憂ちゃんに悲しい思いだってさせないよ」
「でも私には拓磨くんが……っ」
——ガタッ。
すると、近くで物音がした。

振り返ると、そこには拓磨くんがいた。
「た、拓磨くん……っ」
拓磨くんは、私を見るなり去っていく。
私は慌てて拓磨くんを追いかけた。
「待って!!」
全力疾走で追いかけて、ようやく拓磨くんの制服の袖を掴んだ。
「触んなっ！」
けど、拓磨くんは声を荒げて私の手を振りはらった。
「拓磨く……っ」
「……別れてやるよ」
そう言った拓磨くんの声はすごく震えていて。
別れたくなんかない。
別れようなんて言ってほしくない。
私はずっと拓磨くんといたいもん。
「あのね、拓磨くんっ」
「今まで、悪かった。付き合わせて」
「へ……？」
「美憂が本当に好きなのは……アイツ、矢野星司でしょ」
拓磨くんの言葉に私は目を見開いた。
もしかして拓磨くん……っ。
「最初から美憂がアイツを好きだってわかってて、わざとカン違いしたフリしてたんだ」
気づいてたんだ……最初から、全部。
でも、違う。今は違う。

私が好きなのは拓磨くん……。

「楽しませてもらったよ、いろいろ。アイツと両想いだったワケだし、幸せになりなよ」

「あの、私は……っ」

違うの、拓磨くん。

私にとっての幸せは、拓磨くんといることなんだ。

「じゃあね、美憂」

早歩きで去っていこうとする拓磨くんを追いかける。

待って、待ってよ拓磨くん。

私から離れていかないで。

「拓磨くん……っ！」

「ついてくんな!!」

「っ」

「……もう、美憂と俺は無関係なんだから、俺のことは放っておいて」

拓磨くんのその言葉が私の胸を突き刺した。

私はその場に崩れ落ちて、去っていく拓磨くんの背中をただ見つめることしかできなかった。

「う、うぅ……っ」

急に涙がこみ上げてきて、私は声をあげて泣いた。

「美憂ちゃん……」

星司くんが駆け寄ってきて、私の背中をさする。

どうして、上手くいかないんだろう。

どうして、上手く伝わらないんだろう。

伝えたいことはたったひとつだけなのに……。

　私ってほんとにツイてないなぁ。
「うっ……拓磨く……っ」
「美憂ちゃん、今日はもう帰ろう。俺、送るからさ」
　星司くんの言葉に頷き、なんとか立ちあがり、私は星司くんと学校を出た。
「星司くん、ごめんね……」
「いいよ全然。それより、涙拭きなよ」
　星司くんはハンカチを差し出して、笑顔で私を慰めてくれる。
　あぁ、なんて優しい人なんだ……。
　星司くんのことをずっと好きだったら、こんな思い、しなかったのかな……。
「送るって言っておいてなんだけど、ちょっと寄りたいところあるから寄ってもいいかな？」
「あ、うん。全然大丈夫だよ」
「ありがと」
　星司くんは、ひと気のない通りに入っていく。
　こんなところに、なにがあるんだろう。
　なんかちょっと怖いな。
「星司くん……なんだかここ、ひと気がないね」
「あぁ、全然心配ないよ。もう少しで着くから待ってて」
「うん……」
　でもやっぱりなんだか怖い。
　倉庫ばっかりで、なにかお店があるようには全然思えないし……。

「はい、到着。ここだよ」
「え……？」
　着いたのは大きな倉庫だった。
「ここ、俺の秘密基地なんだ。ささ、入って」
「うん……」
　少しビビりながら、中に入る。
　すると、いきなり後ろから腕を掴まれた。
「きゃっ！」
「お、結構可愛いじゃないですか、星司さん」
　見ると、同い年ぐらいの知らない男の子が私の腕を掴んでニヤニヤしていた。
　隣にももうひとり男の子がいた。
「だろ？　とりあえず、縛（しば）っておいて」
「了解っす」
　ふたりは私の腕を引いて、奥に入っていく。
「あの……っちょっと、離して……っ」
　どういうこと？　この人たちは誰……？
「星司くん、助けて……っ！」
　星司くんに助けを求めたけど、ニヤッと笑って助けてくれようとはしない。
　なんで……？　どうして……？
　星司くんは私を騙したの……？
　そんな……あの優しいみんなの王子様はどこ……？
「離してよっ」
「大人しくしろ」

「ヤダ……っ！」

怖い……怖いよ。私、どうなっちゃうの？

いくらもがいても離してもらえず、私は体を縛られてしまった。解こうとしても全然解ける気配はない。

ダメだ……ひとりじゃ絶対に逃げられない。

「せ、星司くん、どういうこと……っ？」

「ごめんねぇ、美憂ちゃん。本当はこんなことしたくなかったんだけどさぁ」

星司くんは今まで見たことがないほど冷たい目をしていて、ゾッとした。

誰……？　こんなの、星司くんじゃないよ……っ！

「俺、キミの彼氏に恨みがあるんだよね」

「拓磨くんに……？」

「中学生のころ、俺の所属している不良グループのメンバーほとんど全員がアイツにボコボコにされてさ。そのせいで、メンバーはほとんど全員抜けたんだ」

そういえば拓磨くんって中学生のころ、荒れてたんだっけ。

そのときに星司くんたちのグループを……？

「俺のプライドだって、アイツにズタズタにされた」

星司くんはまるで別人のように声を荒げて話す。

私は恐怖で言葉も出ない。

「だから、矢野拓磨の大切なものを傷つけてやろうと思ってさ」

「え……？」

それってもしかして……私のこと？
でも、拓磨くんは私のことなんて……好きじゃない。
「拓磨くんは私のこと、なんとも思ってないし、こんなことしたって……っ」
「うるさい!!!」
突然大声を出すから、驚きでビクッとする。
「俺は復讐のために矢野拓磨と同じ高校に入って、いつ復讐してやろうかと見計らってた。そんなときに矢野拓磨に彼女ができたって知って……。それが偶然、入学式で助けた女で、しかも俺のことを好きだった女だから、簡単に奪えると思ってたんだけどな」
「え……星司くん、私が星司くんのこと……」
「あぁ、知ってたよ。毎日あんなに追いかけられてたら気づくっての。ちょっと優しくしたぐらいで浮かれてさ。女って本当にバカだよな」
「ヒドイ……」
あのキラキラした笑顔の裏に、そんな思いが隠されていたなんて……。
「キミと矢野拓磨の様子からして、矢野拓磨とは無理矢理付き合ってるってことと、矢野拓磨も美憂ちゃんの気持ちを知ってて無理矢理付き合わせてるってわかってたから、簡単に奪えると思ってたのに、キミの気持ちが変わっちゃったみたいだから、作戦変更したんだ」
「そんな……」
「昼休みのあと、たまたま矢野拓磨に会って、下駄箱に4

時に呼び出して、そのタイミングで告白したのも作戦。まさかあんなに簡単にふたりの関係が崩れて、美憂ちゃんを連れだせるとは思ってなかったから、ビックリ」

星司くんは嬉しそうにククッと笑う。

時計を見てたのはそういうことだったんだ……。

「さぁさぁ、パーティはこれからだよ。美憂ちゃん」

星司くんの冷たくて狂気を感じられる瞳に、寒気がした。

ホンモノラブレター【拓磨サイド】

「はぁ……」
屋上の地べたに寝転ぶと、俺はため息をついた。
『あの、私は……っ』
美憂はあのとき、なにを言おうとしたんだろう。
でも俺は臆病(おくびょう)だから聞きたくなくて、美憂を突き放した。
いつかは美憂と別れなきゃいけない日が来るってわかってた。
美憂が何度も真実を言おうとしてたのにも気づいてたけど、そのたびに言わせなかった。
少しでも長く美憂のそばにいたくて。
いつから美憂のことを好きになっていたんだろう。
最初は、ほんの好奇心だったのに。
俺が最初に美憂を知ったのは、1年生のときだった。
休み時間、屋上で寝ていたときのことだった。
男子生徒ふたり組が俺には気づかず、入ってきた。
「あ〜もうマジでヤバいよな、美憂ちゃん」
「なにあの可愛さ。その辺の女子と比べものになんないよな」
「あの笑顔はズルいわ。あぁ、彼女にしてぇ」
あぁ、うるさい。
人が昼寝しようとしてんのに……。

つか、その辺の女子とは比べものになんないほど可愛いって、そんなヤツいるワケないでしょ。

可愛い顔してる女子なんて何人でもいる。

マンガの世界じゃあるまいし。

「美憂ちゃんは顔だけじゃなくて、性格もいいし、理想だよなぁ」

「天然な感じもまたそそるっていうか。あぁ～～好きだなぁ」

「……うるせぇ、どっかいけ！」

俺はあまりにイラついて、怒鳴った。

「ひぃい!!　すみません!!」

「ごめんなさい!!」

すると、簡単にその男子生徒ふたり組は去っていった。

……ったく、わざわざこんなところで話す必要ないでしょ。

つか､人を好きになるとかそういうのマジでくだらない。

人なんて好きになったところで、いずれは裏切られるに決まってる。

信用したって、たいていの人間は裏切る。

自分が誰かを愛しても、結局相手が自分を愛してくれることなんてない。

俺が信用してるのは祐輝ただひとり。

俺が家庭のことで避けられるようになっても、祐輝だけはずっと一緒にいてくれた。

あんなヤツだけど、信用している。

本人には絶対言わないけど。
祐輝以外に信用できる人間が現れることはない。
というか、信用する気なんてない。
そう、思ってた。
そんなある日だった。
祐輝と一緒に食堂でうどんを食べていた。
「珍しいな、拓磨が食堂で飯食うなんて」
「今日はそういう気分だった」
「ふぅーん？」
明るい茶髪に大量のピアス、着崩した制服。
俺はやっぱり目立つようで、俺の両隣と、俺と一緒に食べているからか、祐輝の両隣にも誰も座らない。
そして俺の横を通るたびにいろんなヤツがジロジロ見てくる。
まぁ、もうこんなの中学のときから慣れてるけど。
今さらなんとも思わない。
すると、あるひとりの女子が俺の近くにやってきた。
「葵ちゃん！　ここ空いてるよー！」
その女子は俺の隣の席と、祐輝の隣の席を指して言った。
「えっ……そこはやめておこうよ……」
俺を見たその女子の友達は、ゲッとした表情で言う。
「えぇ、いいじゃん！　この席のなにがダメなの？　あ、もしかして机がちょっと汚れてるから？　それならあとでフキン持ってきて拭いてあげる！」
「あのね、そういう問題じゃ……」

「じゃあ葵ちゃん、ここで待ってて！　フキン持ってくるから！」
……なんだコイツ。
角度の関係で顔は見えなかったけど、俺に気づいてない？
じゃないと、俺の隣にわざわざ座ろうとなんてしてこないよな？
「はい、葵ちゃん、フキン持ってきたよ」
「……はぁ、もう美憂ってば」
そのとき、俺は“美憂”という名前に反応した。
この女が……この間男子生徒ふたり組が言ってたアイツか？
そんなに大して気にはかけてなかったけど、記憶の片隅に残っていた。
「じゃあ、いただきまーす！」
俺の隣に座ると、その女……美憂ってヤツはカレーを食べ始めた。
のんきだなコイツ……。
俺の隣に座るなんて……。
俺はそんなのんきなヤツの顔を横目で見た。
「……っ」
なに、コイツ。
「んんー！　久々の食堂のカレーは最高だなぁ」
本当にアイツらが言ってた通り、可愛い。
おいしそうにカレーを食べている姿に、思わず釘づけになった。

「……拓磨？」

祐輝の声でハッと我に返る。

「あぁ、ごめん」

「そろそろ戻ろうぜ」

「うん」

お盆を持って立ちあがり、返却口にお盆と食器を返すと、俺と祐輝は屋上に入った。

「美憂ちゃん、拓磨の隣に座るなんてさすがだねぇ」

祐輝は面白そうに笑う。

「なに、祐輝アイツと知り合い？」

「知り合いっていうか、美憂ちゃんのこと知らないヤツなんていないんじゃない？　可愛いって有名だし」

「ふぅーん、有名ねぇ」

アイツ、やっぱりモテるんだな。

前に屋上に来た男子生徒たちが言ってたこともわからないこともない気はする。

見た感じ、のんきというかちょっとバカそうだし。

狙ってああいうことしてる感じもなかった。

「もしかして拓磨、気になっちゃう感じ？」

「はぁ!?　ちげぇよ！　ただ、のんきなヤツだなぁって思っただけだし」

気になるとかそんなのあるワケない。

「へぇ～そのわりには美憂ちゃんに見惚(みと)れてたよね」

「はぁ!?　見惚れてなんかねぇし！」

ただ……あんな美少女、初めて見たなって思っただけ。

見惚れてなんかはいない。

「まぁまぁ、美憂ちゃんに見惚れるヤツは少なくないし、自然なことだよ」

「意味わかんねぇ」

自然なことって……。

「ま、俺は美憂ちゃんよりも、美憂ちゃんの友達の葵ちゃんの方が好みだけど！」

「あっそ」

「もっと興味示せよ！」

「だって興味ねぇし」

……これが、俺が美憂を知ったキッカケだった。

この日から祐輝はやたらふたりで歩いているときに美憂を見かけると、教えてくれるようになった。

誰も好きとか気になるとかそんなこと言ってないのに。

でもたしかに、美憂を見かけるたびに目で追いかける自分がいたんだ。

ある日、俺は校舎の陰でモジモジしている美憂と七瀬葵を見かけた。

……なにしてんだ？

「ほら、美憂、早く渡してきな！」

「う、うぅ、む、無理……」

美憂と七瀬葵の目線の先にいたのは、たくさんの女子に囲まれた男。

……なんだっけ、たしか同じ苗字の……。

矢野、星司だっけ。

祐輝が前に俺と同じ苗字で女子に囲まれてるヤツがいるって言ってたな……。

……もしかして、この美憂ってヤツはコイツのこと？

美憂ってヤツの手にはピンクの封筒があった。

あぁ、やっぱりそうなんだ。

美憂の気持ちを知ったとき、心のどこかでショックを受ける自分がいることに気がついた。

……別に、好きとかそんなんじゃないんだし、コイツが誰を好きだろうと関係ないじゃん。

なにちょっとショック受けてんの、俺。

ワケわかんないっての。

でも、その日から俺は美憂を見ないようにするかのように、学校に来ても屋上にこもっていた。

２年生になって、祐輝から美憂と同じクラスになったことを聞いた。

でも、教室に行く気にはなれず、たまに授業に出る程度だった。教室で美憂の姿を見るだけでなんだかモヤモヤした。

今思えば、俺は美憂に一目惚れしていたんだと思う。

美憂の無邪気で、健気な笑顔に。

俺にはできない優しくて元気な笑顔に、憧れて、好きになっていたんだと思う。

人を好きになるなんて、くだらない。

そう、思っていたのに……。

アイツの笑顔が俺の全てを変えたんだ。

２年になってしばらく経って、俺はいつも通り授業にはほとんど参加せず、うろちょろしていた。

そして、あの手紙……美憂の矢野星司宛ての手紙を昇降口で拾った。

「これ、まだ渡してなかったんだ」

ポツリとひとり言をつぶやく。

封筒には女子っぽい丸い字で“矢野くんへ”と書かれていた。

すると、しゃがみながらキョロキョロして歩く女子生徒が校舎から出てきた。

「……っ」

その人物は顔を見なくてもわかった。美憂だって。

「アンタが探してんの、コレ？」

俺は無意識にそう話しかけていた。

美憂は立ちあがって、ハッとした表情をする。

「あ、それ、私の……！」

ホッとした表情で笑顔を俺に向ける。

あぁ、俺のモンにしたい。

ふと、そう思った。

「コレ、俺宛てだよね？　“矢野くんへ”って書いてあるし」

だから俺は美憂がラブレターを取ろうとしたのをかわし、わざと、カン違いしたフリをしたんだ。

俺って、なんてサイテーなヤツなんだろう。

コイツの気持ちを知っておいて、カン違いしたフリをするなんて。

サイテーだとわかっていた。でも、止められなかった。

「ふぅん、なるほど？　アンタは俺のことが好きなんだ」

中身を読んだフリをして、そう言ってニヤッと笑う。

少しだけ……少しだけでいいんだ。

「今日からアンタは俺の彼女。決定な」

少しだけでも、美憂のそばにいたかったんだ。

美憂、こんな俺を許して。

この日から俺と美憂の彼氏彼女という関係が始まった。

美憂と一緒に過ごすうちに、予想通りどんどん好きになっていって。

もう好奇心とかそんなんじゃなくて、美憂と一緒にいたいって思うようになっていたんだ。

人をもう一度信用しよう、そう思えるようになっていた。

「拓磨くんって過去になにかあったの……？」

だから……怖かった。

美憂に自分の過去を話すことが。

自分の残酷(ざんこく)な過去を聞いたら美憂が離れていきそうで、怖かった。

美憂がそんなことで離れていくようなヤツじゃないってわかってるけど、それでもやっぱり怖くて言えなかった。

「拓磨くんのその寂しそうな表情……見てられないよ」

美憂の心配そうな表情に胸が痛くなった。

「私は、どんな些細なことでも拓磨くんのことを知りたい！
私になにかできることがあるなら、どんなに小さなことでもしてあげたい！　だから……っ」
　なのに、臆病な俺は優しい美憂を……突き放したんだ。
　自分勝手でサイテーな自分にどうしようもなく腹が立って、どうしていいのかわからなくなった。
　そして今日。
　俺は昼休みが終わりかけの時間帯に屋上の空気を吸おうと、学校にやってきた。
　屋上に向かう途中、矢野星司に肩を叩かれて。
「今日の放課後４時。下駄箱に来てもらえる？」
「は？」
「じゃ、よろしくね。来なかったら、美憂ちゃんがどうなっても知らないよ？」
　それだけ言うと、去っていった。
　仕方なく言われた通り、４時に下駄箱に行くと美憂が矢野星司に告白されていた。
　……あぁ、もう終わりだな。
　そう、思った。
　俺、なにしてんだろう。
　好きなヤツの幸せを自分勝手な気持ちで邪魔してさ。
　自分の母親のことをサイテーだとか思ってたけど、俺もサイテーだな。
　もう、この関係も終わりだ。
　いや、終わらせないといけない。
　俺はようやく自分じゃなく、美憂の幸せを願うことができたんだ。

「じゃあね、美憂」
　声が震えないように、頑張って振り絞って言った。
　美憂と俺はもう、なんの関係もない。
　美憂はアイツとようやく幸せになれるんだ。
　ちゃんと祝福、できるかな。
　今まで美憂の隣にいられて浮かれていた自分がバカバカしく思えてくる。
　少しでも周りに美憂の彼氏だって認めてもらいたくて黒染めした髪、きちんと着こなした制服、ピアスひとつない耳、よく見えるようにしたコンタクト。
　あぁ、バカバカしい。
　なに浮かれていたんだろう。
　こんなことしたって、俺は美憂には似合わない。
　純粋で無邪気な笑顔を見せる美憂に、今までたくさんの人を殴ったり、傷つけてきた俺は似合わないんだ。
　今さら気づいた。
「ははっ、あははは……」
　もう、笑うしかなかった。
　そうするしか、自分の気持ちを落ち着かせる方法がなかった。
　――ブーブー。
　すると、俺のポケットでケータイが震えた。
　誰だよ……。
　ディスプレイを確認すると、そこには《美憂》と表示されていた。

その名前を見た瞬間、俺の胸はドキドキし始める。
美憂がなんで俺に電話……？
恐る恐る応答ボタンを押してケータイを耳に当てる。
「……はい」
『あ、矢野拓磨くん？』
その声は間違いなく、矢野星司だった。
「なんでお前が美憂のケータイ……っ」
『まぁまぁ、そんなことは置いといて。今すぐ駅近くにある第一倉庫に来てくれる？』
「は……？」
『来ないと、美憂ちゃんのこと……めちゃくちゃにしちゃうからね？』
『拓磨くん……っ、た、助けて……!!!』
——ブチッ。
返事する間もなく、電話を切られてしまった。
最後、たしかに美憂の声が聞こえた。
……美憂が危ない。
俺は迷う間もなく、起きあがって屋上を飛びだした。
「はぁ……っはぁ……っ」
下駄箱に向かう途中の廊下で、俺はあるものを見つけた。
「……これ」
ピンク色の封筒だった。
美憂が矢野星司に渡そうとしていたものと一緒だ。
もしかして……。
裏面を見ると、そこには“矢野拓磨くんへ”と書いてあった。

俺は急いで封筒を開けて、中身を見る。

＊＊＊＊＊

拓磨くんへ。

いきなりごめんね。

拓磨くんに言わなきゃいけないことがあって、手紙を書きました。

最初、拓磨くんにラブレターを拾われちゃって、付き合うことになったよね。

でも、実はあのラブレターは、矢野くんは矢野くんでも、星司くんに渡そうと思っていたもので。

正直言って、拓磨くんのことはあの日まで名前しか知らなくて……。

矢野拓磨って人は、気性が荒くて、ケンカで100人を病院送りにしたとかそういうウワサを聞いていたから、怖くて断れずに付き合っちゃったんです。

本当にごめんなさい。

でも、今は怖いとかそんなふうには全く思わないよ。

だって拓磨くんは優しいもん。

私が何回拓磨くんの優しさに助けられてきたか、知ってる？

拓磨くんに優しくされるたびに助けられて、でも、その分ウソをついている自分に罪悪感が生まれて……。

こんなに優しい人に本当のことを言わずに付き合ってる

自分がイヤになって……。

いつかは本当のことを言って、拓磨くんを私から解放してあげなくちゃって思いながら、ずっと拓磨くんといたいって思う自分もいて。

矛盾しすぎだよね。

わかってても、でも、どうしていいのかわからなくて。

ほんとに今までウソをついててごめんなさい。

一緒に過ごすうちに、拓磨くんはほんとは優しい人だって知って、拓磨くんの嬉しそうな顔も、照れた顔も、楽しそうな顔も、寂しそうな顔も、怒った顔も見てきて、勝手に拓磨くんのことをほとんど知った気でいた。

そのせいで、私は無神経に拓磨くんにいろいろ聞いて傷つけちゃって。

ほんとにごめんね。

私なんて拓磨くんのほんの一部しか知らないのに。

でもね、だからこそ、もっと知りたいっていう気持ちもあった。

知らないことも知りたい、拓磨くんのことをもっともっと知りたい、そう思ったんだ。

こんなの、言い訳にしか聞こえないかもしれないけれど、ほんとの気持ちです。

長々と書いてきたけど、最後に言わせてください。

私は拓磨くんのことが好き。

だからこれからもずっと隣にいてほしいです。

なんて、ワガママかもしれないけど……でも、一緒にいてほしいです。

桐野美憂より。

＊＊＊＊＊

「み、ゆう……」
　読み終わった俺はまた急いで走りだした。
「はぁ……っ、美憂……待ってろよ……っ」
　手紙を握りしめ、無我夢中で走る。
　美憂がこんな気持ちでいたなんて、知らなかった。
　美憂が俺のことを好きでいてくれたなんて、知らなかった。
　俺こそ、美憂のことなにもわかってなかった。
　あぁ、俺って本当に彼氏失格だ。
　美憂を自分の勝手な思いこみで手放すなんて。
「……！」
　第一倉庫に向かいながら、俺はひとつ思いだした。
　第一倉庫は俺の住んでいる町の隣の町の不良グループの溜まり場だった。
　矢野、星司……アイツはたしか、その不良グループのリーダーだったヤツ……。
　俺が中学のころ、グループのほぼ全員をボコボコにしたっけ。
　名前を聞いたとき、なんか聞いたことある気はしていたけど、あまり気にはかけていなかった。
　どこで聞いたんだろうって思ってたけど、まさか昔潰した不良グループのリーダーだったなんて……。

早く行かなきゃ……美憂がなにされるかわからない。

美憂、どうか無事でいてくれ……！

繋がる想い

「さて、キミの王子様は来てくれるかな？」
　電話を切ったあと、星司くんがニヤッと笑う。
「拓磨くんはきっと……来てくれる」
　私はそう信じてる。
　拓磨くんは人を見捨てるような人じゃない。
「すごい自信だねぇ」
「拓磨くんは優しい人だもん。無表情でなに考えてるのかわかんないところもあるけど、でも優しい人だってことは間違いないもん……！」
「へぇ、まぁそんなのはどうでもいいけどさ。早速、美憂ちゃんをどうしちゃおうかな？」
「……っ」
　星司くんは私を舐めまわすような目で見てくる。
　こ、怖いよ……。
　拓磨くん、早く来て……っ！
　私の前にしゃがんで、私の顎(あご)を持ち上げる。
「まずは、その綺麗な唇にキスしちゃおうかな」
「い、いや……っ」
　私は必死で抵抗する。
　が、体を縛られていて全く身動きが取れない。
「どうして抵抗するの？　むしろ、好きだった俺とキスできるんだもん、喜ぶべきじゃない？」

「こんなの……みんなの知ってる星司くんじゃない……！」
　私の知っている星司くんは笑顔も心もすっごく優しくて。
　でも、もう今の星司くんにそんな面影はひとつもない。
「みんなの知っている俺？　そんなの、ただのウソの塊でしかないよ」
　星司くんは奇妙にククッと笑う。
「ひ、ひどいよ……」
「ひどい？　騙される方が悪いんだよ、そんなの」
「そんな……っ」
「さてさて、早速キミの唇をいただいちゃうね？」
　ニヤッと笑うと、星司くんは私にどんどん顔を近づけてくる。
　ヤ、ヤダ……。拓磨くん以外の人とキスなんて。
　絶対にしたくない……！
「や、やめて……っ！」
　数ミリで唇が重なるというときだった。
　――バンッ。
　荒々しく倉庫の扉が開かれた。
「拓磨くん……!!」
　扉の向こうには息を切らしている拓磨くんが立っていた。
「おい、美憂から離れろ」
　怒りに満ちた瞳でゆっくり私と星司くんの方へ歩いてくる。

「美憂から離れろっつってんだろ!!」
「……っ」
今まで聞いたこともないほどの拓磨くんの力強い声。
思わず体がビクッとした。
「うおおお!!」
すると、星司くんの仲間のふたりが一気に拓磨くんに襲いかかる。
「邪魔すんじゃねぇよ」
そう言って、拓磨くんは拳を振り上げ、星司くんの仲間を殴る。
初めて目にする殴り合いに私は目を塞ぎたくなった。
倉庫には聞いたこともないような声や音が響く。
「ふっ、数年でどのぐらい成長できたかと思えば、全く成長してねぇな。マジで弱すぎ。よくこんなんで今までグループ組んでられたな」
拓磨くんはバカにしたように笑う。
今の拓磨くんはきっと中学時代の拓磨くんだ。
拓磨くんはこうやってたくさんの人と殴り合いをしてきたんだ。
「く……っ、お前のせいで俺の仲間は……っ」
「は？　俺のせいなワケ？　リーダーのアンタが弱すぎてみんなが離れていっただけの話じゃないの？」
「う、うるせぇ!!」
星司くんは立ちあがって、拓磨くんに向かって拳を振りあげる。

　が、拓磨くんはするりとかわす。
「相変わらずだな。もうアンタのそのクソみてぇなパンチ、飽きた」
「クソ、人のことバカにしやがって!!」
　再び、星司くんが拓磨くんに襲いかかり、殴り合う。
　拓磨くんが星司くんのみぞおちにパンチをお見舞いし、星司くんがうずくまる。
「う、うぅ……」
「美憂、大丈夫か？」
「う、うん……」
　その間に拓磨くんが私を縛っているロープを解く。
　あぁ、やっぱり拓磨くんだ。
　優しい目をした……私の好きな拓磨くんだ。
「なにもされてない？」
「うん、大丈夫だよ……」
　ホッとしたら思わず涙が出てきた。
「う、ふぇ……っ」
「お、おい、美憂、泣くなって……」
「ご、ごめんね……っ」
　拓磨くんが私を助けにきてくれたことが、ほんとに嬉しくって……。
　涙が全然止まらないんだ。
　すると、拓磨くんの背後からどんどん近づいてくる星司くんが見えた。
「拓磨くん、あぶな……っ！」

「ったく、しつこいなぁ」

ため息をつくと、拓磨くんはくるっと振り向いて星司くんのお腹に蹴りを入れた。

「うっ……」

「じゃあな、矢野星司くん」

うずくまる星司くんを軽く蹴ると、私の腕を引いて、倉庫を出た。

「た、拓磨くん……っ」

名前を呼ぶと、拓磨くんは立ち止まった。

「ごめん、美憂。俺のせいで変なことに巻きこんじゃって」

「ううん、いいの全然」

「よくないよ、俺がもっと早く矢野星司の正体に気づいていれば……っ」

拓磨くんは悔やむようにすぐ近くにあった壁を殴る。

「そんなの全然いいの！　拓磨くんが助けにきてくれただけで……それだけで十分だよ」

「美憂……」

最初はどうなるかと思ったけど、こうやって拓磨くんが助けにきてくれて、なにもされずに済んだんだもん。

「拓磨くん……本当にありがとう」

私の目からはまた涙が零れ落ちる。

「そして、ごめんなさい。無神経にいろいろ聞いたり、拓磨くんのことを知ったようなこと言って……本当にごめんなさい」

涙を拭いながら深く頭を下げた。

　こんなことで許してもらえるとは思わない。
　でも、まずは謝らなきゃダメだ。
「美憂、顔上げて？」
　拓磨くんが私の顔を上げさせる。
「それは俺が悪いんだ。美憂に今までの自分を知られるのが怖くて、ついあんなことを言ってしまったんだ」
「過去なんて、関係ないよ」
「……っ」
「多田くんに話、聞いたよ。拓磨くんの小さいころの話も、多田くんと拓磨くんが出会ってからの話も……」
「そ、っか」
　人には誰しも、思い出したくない過去はあると思う。
　人に知られたくない過去だってある。
　でも、その過去をバネにして前に進むことだってできる。
「あの、ね。私なんかじゃ無力かもしれないけど……私が、拓磨くんを守ってあげたい」
「え……？」
「拓磨くんを苦しめるものから……拓磨くんを守りたいの」
　拓磨くんはきょとんとしてから吹きだした。
「な、なんで笑うの!?」
「ははっ、だってあまりにも美憂らしくてさ」
　わ、私らしいってそれ……褒めてるの!?
「わ、私は真剣に……っ！」
「ありがとう、美憂」
　拓磨くんはそう言って私の大好きなあの笑顔を見せた。

あ、そうだ。

「私、拓磨くんに渡したいものがあるんだった」

私はブレザーのポケットの中に手を突っこむ。

……あれ、私、ポケットに入れなかったっけ？

次はカバンの中をガサガサとあさる。

……が、全く見当たらない。

「あれ、どこにいっちゃったんだろう……」

「アンタが探してんの、コレ？」

「……あっ！」

ニヤッと笑う拓磨くんの手にはたしかに私が書いた手紙があった。

懐かしいセリフに懐かしい光景。

私はこうやって拓磨くんと出会ったんだ……。

……って、そうじゃなくて。

「な、なんでそれ……！」

「廊下に落ちてたけど」

も、もしかして、拓磨くんを追いかけてる途中に……落とした？

ああああ……もう最悪……。

私ってば本当になにしてんだか……。

「美憂の想い、ちゃんと伝わったし別にいいじゃん？」

「拓磨くん……」

「美憂」

真剣な表情で拓磨くんが私を見る。

「美憂の気持ち、美憂の口から聞かせて？」

「えぇ、恥ずかしいよぉ……」
　手紙なら素直に書けても……、口にするとなると……うーん……。
「美憂が自分の気持ち言ってくれないなら、俺も言わないよ？」
「なにそれ、イジワル……」
「ほら、早く言って？」
　拓磨くんはやっぱりイジワルだ。
　私の気持ちを知っておいて言わせるなんて。
　でも……やっぱり直接自分の気持ちを言葉にして伝えなきゃ。
「私……ね。拓磨くんのことが好き。だから……彼女としてそばにいさせてほしいです」
　私はそう言って、拓磨くんの目を真っ直ぐ見た。
　すると拓磨くんは少し照れくさそうにフッと笑う。
「俺も……美憂のことが好きだ」
「……え!?」
　拓磨くんが……私のことを好き？
　ウソ、夢……？
　信じられなくて口をパクパクさせていると、拓磨くんが私を優しく抱きしめた。
「美憂のこと、ずっと前から見てた。まぁ、全然気づいてなかっただろうけど」
「ずっと前から……？」
「そ。１年のときからね」

「ウ、ウソ!?」
　そんなに前!?
　私、1年生のときなんて拓磨くんの存在、まだ知らなかったのに!?
「俺は美憂と出会って変わることができた。さんきゅ」
　拓磨くんは抱きしめる力を強める。
　拓磨くんのぬくもりに拓磨くんの匂い。
　なんだろう、この安心感。
「美憂と一緒に過ごすうちに、もう一度人を信用しようって思えたんだ」
「拓磨くん……」
「美憂を好きになってよかった」
　私、拓磨くんになにもしてあげられていないって思ってたけど、そんなことなかったんだ。
　ちゃんと拓磨くんに希望を与えられてたんだ。
「俺、美憂のこと手放すつもりないから。別れてって泣きついても絶対に離してやんない」
「……ふふ、絶対そんなこと言わないよ！　大好き、拓磨くんっ」
　私は嬉しくて拓磨くんの腰に腕を回して、抱きしめた。
　あぁ、幸せだ。
　好きな人と想いが通じ合うってこんなにも幸せなことなんだ。
　大好きな人とこうやって触れ合えることがこんなにも幸せだなんて。

やっと、拓磨くんと通じ合うことができた。

まさかこんな日が来るなんて……思ってなかった。

「……そろそろ帰ろっか」

「うんっ！」

拓磨くんの手に自分の手を重ね、夕日の方へと歩きだした。

ふと、横を見ると拓磨くんの横顔が夕日に照らされている。

えへへ、すっごく幸せ。

ずーっと拓磨くんとこんなふうに手を繋いで歩いていたい。

その日の夕日はいつもより特別綺麗だった気がした。

第3章

キミのぬくもり

「へぇ、矢野拓磨もやるじゃん」
「へへ、拓磨くんすっごくカッコよかったんだぁ～」
「ノロケるなっ！」
　次の日、私は葵ちゃんに昨日のことを話した。
　星司くんの正体も、拓磨くんと両想いになれたってことも、助けてもらったってことも。
「で、葵ちゃんはどうだったの？」
「え？」
「多田くんと放課後デートしてたんでしょ？」
「……は!?　あんなの放課後デートじゃないっての！　ただクレープ食べにいっただけ！」
　私の問いかけに葵ちゃんは顔を真っ赤にして、慌てて否定する。
　ふふ、葵ちゃんってば可愛いなぁ。
　見ててこっちが幸せになるよ。
「もう、葵ちゃん照れちゃって～！　昨日、熱いキッスしたじゃん？」
　すると、どこからやってきたのか、多田くんが葵ちゃんに抱きつく。
「はぁ!?　ウソ言わないでくれる!?」
「葵ちゃんこそ、ウソはダメだよ？　葵ちゃんのほっぺについてたクリームを取るために俺がチュッてしたら、顔真っ赤にしてたくせに～」
「し、してない!!」
……ダメだ。
完全にふたりの世界に入りこんじゃってる。
この間に私は拓磨くんの席に……。
と、立ちあがって拓磨くんの席に向かおうとしたとき、誰かに肩を掴まれた。
「ひ、ひいぃ……！」
振り返ると、そこには昨日私に居残り掃除をやらせてきた先生がいた。
先生の表情は笑顔だけで明らかに目だけ笑っていない。
あ、そういえば私……掃除、途中放棄しちゃったんだっけ。マ、マズい……。
「あ、あの……」
「桐野、お前いい度胸してんだな？」
「じ、実は昨日、急用が入りまして……」
「あっそう？　じゃあ今日も昨日に引き続き、居残り掃除頼むな？」
「え、えぇー!?」
任せたぞ、と私の肩をポンと叩くと、先生は教室を出ていってしまった。
ウ、ウソでしょ。
あぁ……もう私のバカ。
バカバカバカ。信じられないよぉ……。
「はぁ……」

　ため息をつきながら、机に伏せて眠っている拓磨くんの前の席に座って後ろを向く。
「拓磨くん」
「…………」
　呼びかけても、拓磨くんは全く起きる様子がない。
　次は指で手をツンツンしてみる。
「ん……」
　眠そうに目をゆっくり開いてパチパチさせる。
　そして私の指をギュッと掴んだ。
　か、可愛い……！　なにこの可愛い拓磨くんは……！
「ねむ……」
　体を起こして伸びをする。
　その姿にもまたキュンとする。
　起きあがった拓磨くんの右目の下には絆創膏が貼ってある。
　昨日、星司くんと殴り合いしたときにできた傷だ。
　幸い、ケガはそれだけだったから先生に目をつけられなくて済んだ。
　星司くんは今日、学校に来ていない。
「拓磨くん、傷、痛くない？」
「あぁ、これぐらい平気だよ」
「た・く・まー‼」
　すると、ものすごい勢いで多田くんが拓磨くんの後ろから抱きついた。
「……おい、気持ち悪いから抱きつくな」

「なんだよー心配してきてやったのにぃ」
「あ？　お前の心配なんていらねぇよ」
「ふふ、もう照れちゃってー！」
　多田くんは拓磨くんをまたぎゅうううっと抱きしめる。
「あーっ！　もう！　離れろ！」
「えー仕方ないなぁ」
　ぶつぶつ言いながら拓磨くんから離れると、
「ふふ、美憂ちゃんにいいこと教えてあげよっか？」
　と、にやっとした。
「いい、こと？」
　多田くんは手招きすると、私の耳元に顔を近づけた。
「拓磨ってね、怒ったときもそうなんだけど、たいてい口が悪くなるときは照れてる証拠なんだよ」
「え!?」
　そういえば、拓磨くんがカイロくれてそのお礼を言ったとき……。
『……別に、いらないからあげただけだし』
『あの……顔赤いけど、熱でもあるんじゃ……』
『うるせぇな。熱なんてねぇよ』
　口調、変わってた。
　あのときは怒らせちゃったかもって怖がってたけど、もしかして、あのときは照れてたの……？
　それに、身長の話をしてたときも……。
『俺は小さい方が好みだけど？』
『あ、あぅ……』

『その、別にアンタのこと……、褒めてるワケじゃねぇから……』

なるほど……拓磨くんは照れてたんだ。

決して怒ってるワケじゃなかったんだ。

「おい、祐輝。美憂に余計なこと吹きこんでんじゃねぇだろうな」

「別にー？　大したことじゃないよ。ね？　美憂ちゃん」

「うん、そうだねっ」

ふふ、拓磨くんのことをまたひとつ知ることができて、嬉しい。

「いやー、それにしても、ふたりが本当に結ばれて、俺は嬉しいよ！」

「多田くんのおかげでもあるよ」

多田くんがいなければ、絶対に私と拓磨くんはもう元には戻れてなかった。

多田くんが私を助けてくれたから、今こうやって拓磨くんの隣にいられるんだ。

「拓磨がどれだけ美憂ちゃんを好きだか知ってたからさ、応援せざるを得ないじゃん？　だって拓磨、１年のときからずっと美憂ちゃんを目で追いかけてたもん」

「おい、余計なこと言うな」

「しかも付き合ってからも毎日始発に乗って美憂ちゃんの家に迎えに行ってさ。こんなにベタ惚れな拓磨、初めて見たし」

……え？

「拓磨くん、私と同じ町に住んでるって……」
「あぁ、そんなこと言ったっけな」
「ウソついてたの!?」
「だって、そうでも言わないと美憂、遠慮するでしょ」
　し、知らなかった。
　毎朝、拓磨くんが私のために始発に乗ってきてくれてたなんて。
「これからは学校の最寄り駅で待ち合わせにしよ！　毎朝始発って、キツイでしょ？」
　毎日早起きなんてしてたら、体がもたないよ。
　拓磨くんが倒れるなんて、絶対にイヤ。
「別に自分が好きでしてるだけだから、気にすんな。もう慣れたし」
「で、でも……」
「美憂ちゃん、ワガママ言っちゃいなよ！　ワガママ言えるのは、彼女の特権だよ？」
　彼女の……特権。
「ほんと、美憂はいろいろ遠慮しすぎ。もっとワガママ言えよ」
「じゃあ今度、拓磨の奢りでみんなで飯行こうよ！」
「祐輝は黙ってろ」
「しょぼーん……」
　多田くんはガクンと肩を落とす。
　そんな多田くんが面白くて、クスッと笑う。
「ほんと拓磨って美憂ちゃんに甘いよなー」

「そりゃ、彼女だし」
「うわーノロケやがって！　俺も早く葵ちゃんと……」
　夢の世界に入りこんでしまったのか、多田くんは幸せそうな顔をしたまま、なにも話さなくなった。
「……多田くん、幸せそうだね」
「もう一生自分の世界から帰ってこなくていい」
「ちょ、拓磨ヒドイぞ！」
　夢の世界から帰ってきた多田くんがツッコミを入れると、笑いが起きた。
「祐輝、そんなに気持ち悪いと、七瀬にフラれるぞ」
「俺は何回フラれてもめげないし！　葵ちゃんの彼氏になって、葵ちゃんを幸せにするまでは死ねない！」
「キモ……」
「おい！」
　ふたりのやりとりがおかしくて、笑いが止まらない。
　このふたりは本当に仲がいいんだな……。
　見てて微笑ましい。
　それから昼休みになり、私と拓磨くんはいつものように屋上でお弁当を食べていた。
「あ、そういえば今日もまたリンゴ持ってきたよ」
「マジで？」
「うん、はいどーぞ！」
　拓磨くんの前にリンゴの入ったタッパーを差しだす。
「じゃ、いただきます」
　少し嬉しそうにタッパーを開けると、拓磨くんはリンゴを早速つまんだ。
「ん、うまい」
「拓磨くんってほんと、リンゴ好きだね」
「……実はリンゴは母親との唯一記憶に残ってる思い出なんだ」
「え……？」
　お母さんとの唯一の思い出……？
「写真は母親が俺を捨てたってわかったときに捨てちゃって、顔もぼんやりとしか覚えてないし、声だって全然思いだせない。でも、母親がよくリンゴを切って俺に食べさせてくれたってことだけは鮮明に覚えてるんだ」
「そう、なんだ」
　拓磨くんの表情はとても切ないものだった。
　きっと拓磨くんは、今でも心のどこかで、お母さんのことを……。
　じゃないと、リンゴなんて食べようと思わないよね？
「母親のこと、キライだって言ってるけど……やっぱり心のどこかでまだ母親に会えることを期待してるのかもね」
「…………」
「もう、今さら母親を探そうって思っても手がかりなんてないけどね。父親も」
　拓磨くんの両親はどんな人だったんだろう。
　本当に拓磨くんのことを捨てたんだろうか。
　拓磨くんに愛情がないお母さんが切ってくれたリンゴなんて、普通覚えているんだろうか。

拓磨くんにとっていい思い出だから覚えているんじゃないんだろうか。

私の頭にふと疑問がよぎる。

「でも、俺は後悔してないよ」

「え？」

「だってこの“矢野”っていう育ての親の苗字のおかげで、美憂と今こうやって一緒にいられるんだからな」

「拓磨くん……」

そうだ、私が今、拓磨くんのそばにいられるのは“矢野”っていう苗字のおかげなんだ。

こんな偶然、あるだろうか？

もしかしたら私と拓磨くんが生まれたときに、神様が仕掛けたことなのかもしれない。

「運命、みたいだよね」

フッと笑って私の髪の毛に指を通す。

拓磨くんからする甘い匂いに酔いしれそうになる。

あぁ、幸せだなぁ。

この時間がずっと続けばいいな。

そう、思った。

「ずっと拓磨くんのそばにいたいよ」

「そんなの、当たり前。離れようったって、俺が絶対離さないし」

「ふふ、よかった」

私の髪に触れる拓磨くんの手に手を重ねる。

「私が……拓磨くんを幸せにするからねっ！」

拓磨くんのお母さんの分まで私が愛情を注いであげたい。

拓磨くんを傷つけるものから守りたい。

「……っはは、なんだよそれ。普通、逆じゃん？　つか、昨日も同じようなこと言ってたよね」

急に吹きだして、お腹をかかえて笑う拓磨くん。

「わ、笑わないでよ！　私は真剣に……！」

「そうだよな、美憂はいっつも真剣で、真っ直ぐで……いつも助けられてるよ。さんきゅ」

そう言って笑うと大きな手で私の頭をポンポン撫でた。

それが心地よくて、目を閉じる。

「なんか、美憂って猫みてぇ」

「え!?」

ね、猫!?

「それって褒めてるの!?」

「もちろん。可愛いってこと」

「っも、もう……」

そうやって私を動揺させようとする……。

拓磨くんはイジワルなんだから……。

「はは、真っ赤」

「も〜〜！」

「はいはい、怒るなって」

なだめるようにまた頭をポンポン撫でる。

私、完全に拓磨くんのペースに乗せられてるよ……。

でも……幸せだから、いっか。

「なに、急に頬緩めちゃって」
「えへへ、別にぃ」
「変なの」
　私は拓磨くんの肩に頭をあずけた。
　幸せは怖い。
　幸せすぎると、あとでその幸せを失ったときに、ツラくなる。
　幸せの大きさだけ、失ったものの大きさも大きくなる。
　私はこれからもずっと拓磨くんの隣にいられると信じていた。

動きだす過去【拓磨サイド】

「はーい、じゃあまた月曜日、元気に登校するように」
　帰りのＨＲが終わり、教室に担任の声が響く。
「美憂、帰るよ」
「あ……ごめん。私、今日居残り掃除しないといけないんだ。先に帰っててていいよ」
　申し訳なさそうに言う美憂。
「じゃあ俺も手伝う」
「え、でも……」
「美憂と一緒に帰りたいし」
　美憂って、ほんと変なところで気つかうよな。
　祐輝の言った通り、彼女なんだからもっと甘えていいのに。
「うん！　じゃあちゃっちゃと終わらせて帰ろう！」
「おう」
　下駄箱に行くと、美憂を待ち構えているように仁王立ちをした先生がいた。
「桐野、今日逃げたら承知しないからな？」
「わ、わかってます……」
「じゃ、終わったら報告よろしく」
　目が笑っていない笑顔を向けると、美憂の肩をポンと叩いて去っていった。
　掃除を始めて20分。

　ちょっとテキトーだけど、なんとか全て掃き終えた。
「昨日はめちゃくちゃかかったのに、もう終わったよー！」
「若干テキトーだけどね」
「まぁ、少しぐらい大丈夫だよっ」
　報告報告～と、美憂は嬉しそうに職員室に向かった。
「先生、終わりました！」
「お、そうか。早かったな」
「はい、拓磨くんが手伝ってくれたのでっ！」
「おぉ、矢野もいいところあるじゃないか。その調子で普段の生活も真面目に頑張ってくれよ」
　先生は俺を見てハッハと笑う。
　最近は真面目にしてるのがちゃんと先生にも伝わってるみたいでよかった。
　まぁ、昨日はケンカしちゃったけど、でもそれももう何年かぶりだし。
「ういっす……」
「帰ってよし。気をつけてな」
「はーい！　さよなら！」
　職員室を出て、帰り道を歩く。
「拓磨くんってさ、ひとり暮らししてるの？」
「あぁ」
　実家から学校まで少し距離があるから、ひとり暮らしをしている。
　料理なんて休日の暇なときにしかしないし、平日の晩ごはんはいつもコンビニ弁当とかで済ませている。

　だから、美憂の手作りの料理を食べると、すっごく幸せになるんだ。
　たまに育ての母親が作りにくることもあるけど、やっぱり美憂の料理が一番好きだ。
「今度、拓磨くんの家行ってみたいなぁ」
　美憂がふふっと笑いながら言った。
「遠いよ」
「いいよ全然！　拓磨くんの家に行けるなら！」
「俺の家なんてなんもないよ」
　本当になにもない。
　必要最低限の家具しかない。
　殺風景な部屋だ。
「それでもいいの！　行きたい！」
「機会があればな」
「絶対だよ！　ね？」
「はいはい」
　まぁ、テキトーに休日にでも連れていくか。
　本当になにも面白いものないけど。
「はい！」
　美憂は立ち止まって小指を俺に差しだす。
「約束だよっ」
「はいはい」
　美憂の小指に自分の小指を絡める。
　嬉しそうにする美憂を見ると、思わず頬が緩む。
「なんで笑ってるの……？」

　不思議そうに俺の顔を覗きこむ。
　その姿がどうしようもなく愛おしくて、頭を撫でた。
「別に。なんでもないよ」
「うん？」
　オデコに軽くキスをすると、美憂はオデコをおさえて、顔を真っ赤にした。
「たっ、たっ、拓磨くんっ」
　ったく、どんだけウブなんだか。
　オデコにキスしただけでこんなに真っ赤になっちゃってさ。
　本当は唇にもしたいけど……でも、美憂がぶっ倒れそうだから、美憂がいいって言うまではしないつもりだ。
　ていうか、キスなんてなくても十分幸せだし。
「顔真っ赤」
「た、拓磨くんはそういうの慣れてるかもしれないけど、さ。私はそういうの全く経験なくて……」
　美憂、俺のことそんなふうに思ってたんだ。
　少し、からかってやろうかな。
「まぁ、元カノとは何回もキスしてたしな。結構慣れてるかも」
「やっぱり彼女、いたんだ……」
　俺の言葉に美憂は急にシュンとして、俯く。
　そして、急に俺の腰に手を回して、ギュッと抱きしめてきた。
「拓磨くん、ちゅーしよ」

美憂の言葉に俺は驚く。
「なに言って……」
「ちゅーに慣れてない彼女なんて、イヤだよね」
……あぁ、なんだコイツ。
なんでこんなに可愛いかなぁ……ムカつく。
こんな涙目で言われたら、からかってる自分に罪悪感を感じるじゃん。
「ウソだよ、バカ」
「へ……」
こんな可愛い彼女、他にいるか？
「俺の初めての彼女、美憂だし」
「え……っ？　ほんと？」
「あぁ、人を好きになったのも……美憂が初めてだよ」
今まで、人を信じようとしなかった俺。
高校生になって、美憂と出会って人を信用できるようになった。
だから、俺にとって美憂は初めて好きになった女なんだ。
「えへへ、嬉しい」
美憂は大切でかけがえのない、大切な彼女。
世界でたったひとりの俺の彼女。
「じゃ、また連絡する」
「うん、またね」
美憂の家の前で別れを告げる。
いつもこの瞬間がとても寂しい。
美憂ともう少し一緒にいたいなんて思ってしまうんだ。

「拓磨くんっ！」
　背中を向けて、帰ろうとすると、美憂が俺を引き留めた。
　振り返ると、美憂は後ろから俺にギュッと抱きついた。
「拓磨くんをチャージさせて」
　……ったく、可愛すぎなんだよ。
　どれだけ俺の調子狂わせたら気が済むワケ？
　美憂はしばらく俺を抱きしめると、また笑顔で俺に手を振った。
「気をつけてね」
「あぁ」
　美憂は俺がどれだけドキドキしてるかなんて、知らないんだろうな。
　これだから無自覚は……。
　ひとりでトボトボ帰り道を歩き、美憂の家の最寄り駅に到着して改札を通ろうとしたとき、ひとりの40代後半ぐらいのおじさんに突然「あの」と声をかけられた。
　誰だ……？
　そのおじさんは俺の頭のてっぺんからつま先まで見た。
「拓磨……。拓磨か!?　大きくなったなぁ……！」
「え？　あの……」
　誰、この人。
　なんで俺のこと知って……。
「あ、僕のことやっぱり覚えてないよね。僕はね、キミの父親だよ」
　と、そのおじさんは涙を目に溜めながら、思いっきり抱きしめてきた。
「……は!?」
　今、この人なんて……っ!?
「ずっとずっと、探してたんだよ……！　会えて本当によかった……夢のようだ」
「ちょっと待ってください。なにかの間違いじゃ……」
　母親の記憶ですらうっすらなのに、父親なんて全く覚えていない。
　俺の父親はたしか、母親が逮捕される１、２年前に離婚して……。
　頭の中が真っ白になって整理がつかない。
「間違いなんかじゃないよ。正真正銘、僕はキミ……拓磨の父親だ。……なんて、口だけじゃ信じられないよね」
　涙を拭いながらおじさんはそう言うと、ポケットからある１枚の写真を取りだした。
「これなら、信じてくれるかな？」
「これ……っ！」
　おじさんが俺に差しだしたのは、間違いなく小さいころの俺と、母親と……今の面影がある若いころのおじさんだった。
　母親のことを知ってから、母親との写真は全て捨ててしまったけれど、何年も持っていたから母親の顔は今この写真を見て思いだした。
「ウソ……だろ……」
　俺は信じられなくて、言葉が出なくなった。

まさか、今になって父親が現れるなんて思ってもいなかった。
急に心臓がバクバクしてきて、止まらない。
「施設の人にもらった写真をたよりに、探していたんだ。ずっと、拓磨に会えたら話したいと思っていたことがあったんだ」
「話したいこと……？」
「うん、キミのお母さんのことでね。
……拓磨は、お母さんのことを恨んでいるかい？」
おじさん……父親が最初に口にしたのはそんな言葉だった。
「そりゃ……」
俺を捨てたんだから。
そんなの、恨むに決まってる。
信じていた母親に裏切られて、恨まないワケがない。
父親は「そっか……」と俯いた。
「実は……それはカン違いなんだよ」
「え？」
カン違い？　なにが？
「お母さんは、拓磨を殴ってなんかいない……。お母さんは……たったひとりで拓磨を育てて、愛していた。そんな拓磨をお母さんが殴ったりするはずがない」
「え？」
母親は俺を殴っていない……？
じゃあ、なんで……。

「拓磨を殴っていたのは、借金取りだったんだ」
「……っ」
　父親の言葉に俺は驚きを隠せなかった。
　借金取りって……どういうこと？
　母親には借金があったのか？
「お母さんのお父さん……つまり、拓磨のおじいちゃんは莫大(ばくだい)な借金を抱えていてね……。そのおじいちゃんが死んで、おばあちゃんは体が弱くてとても働けるような状況じゃなかったから、借金取りはお母さんに返済を求めてくるようになったんだよ」
　父親から話される真実に俺は耳を傾けた。
「そして、ある日。僕の転勤が決まったときに、お母さんが別れを告げてきたんだ。離婚しようって。借金のことで僕に迷惑をかけないように……。僕はなにも知らなかったから、理由を聞き続けた。じゃあ、彼女は好きな人ができたんだって言ったんだ」
　母親と父親が離婚したのはそんな理由だったんだ……。
　離婚してから、母親はひとりで借金を抱えこんで、俺を育てて……。
「それから離婚してから僕はひとりで転勤して、しばらくして帰ってきたら、もうあの家には誰もいなくて……。僕が転勤している間に、借金取りが何度も取り立てに来て、心配そうに玄関に出てきた拓磨を殴って……。拓磨の顔のアザが近所でウワサになって、お母さんは逮捕されてしまったんだ」

「そんな……」
　そんなことがあったなんて……そんな真実があったなんて……。
　俺はなにも知らずにただ……。
「お母さんはもうとっくに無実が判明して、釈放されている」
「じゃあなんで俺のところに……」
「お母さんが釈放されたあと、おばあちゃんが入院しないといけなくなってしまったんだ。介護が必要になってしまって……拓磨に会える状態じゃなくなってしまったんだ」
　そういうことだったんだ。
　母親は俺を……捨ててなんかいなかったんだ。
　その事実に俺の目から自然に涙が出てきた。
「拓磨にわかってほしいのは、お母さんは拓磨のことを捨てたワケじゃない。拓磨のことを誰よりも愛していたってことだ」
“愛情”
　俺が一番欲しかったもの……。
　俺は……ちゃんと愛されていたんだ。
　裏切られてなんか……いなかったんだ。
　時間が経って、ようやくわかった事実。
　母親のことをずっと忘れられなかったのは、きっと、母親が俺に優しかったからなんだ。
「それで、ここからが本題なんだけど」

「え？」
　まだなにか……あるのか？
　俺は涙を拭って、父親の目を真っ直ぐに見た。
「つい最近、お母さんと偶然再会したんだ。仕事の取引先でね」
「母親と……？」
「そして……僕もこの間その真実を聞いた。で、お母さんが言ってたんだ……拓磨ともう一度会いたいって」
「え……」
　母親が……俺に会いたい……？
「だからお母さんと、会ってみないか」
「……っ」
　父親のその言葉に時が止まったような気がした。
　母親に……もう一度、会える……？
「今はまだいろいろごちゃごちゃになってて、考えられないだろうから、ここに連絡してきてもらっていいかな？」
　父親はポケットから取りだしたメモとボールペンで連絡先を書くと、俺に差しだした。
「ごめんね、いろいろ混乱させちゃって」
「いや……真実を知れてよかった。俺、ずっと母親は俺を裏切ったんだって思ってたから……」
「そっか。でも、お母さんの変化に気づけなかった僕が一番悪いんだ……本当にすまなかった」
　父親は深く頭を下げた。
「いいよ別に。真実を知ることができただけで、十分。教えてくれてありがとう」
「いやいや。それじゃ、体には気をつけるんだよ。いつでも連絡してくれていいからね」
「あぁ」
「じゃあ、僕はこれで」
　父親は軽くまた頭を下げると、立ち去っていった。
　なにも知らなかった俺。
　ただ他人に聞いた話を信じて、勝手に落ちこんで、心を閉ざしていた自分に腹が立った。
　母親を信じてあげられなかった自分に……ムカついた。
　俺は父親が残した連絡先のメモを握りしめ、ボーっと考え事をしながら電車を乗り継いで家に帰り、自分の部屋のベッドに寝転んだ。
　そしてゆっくり目を閉じると、俺は夢の世界へと吸いこまれていった。
『拓磨、お父さん。リンゴむけたわよー』
　母親の声がどこからか聞こえてくる。
『リンゴ！　リンゴ！』
『拓磨の大好きなリンゴだぞ～』
　小さい俺を抱っこして、一緒にリンゴを頬張る父親。
『拓磨は本当にリンゴが好きね』
『俺に似たのかな？』
『ふふ、そうかしらね』
　母親と父親がニッコリ微笑んで俺を見つめたところで、ハッと目が覚めた。

「なんだ、夢か……」
少し、懐かしかったな……。
そういえばあんなこともあった気がする。
大好きなリンゴに母親と父親。
幸せだったあの日を、俺はなんで忘れてしまっていたんだろう……。
もう一度……母親に会いたい。
俺はふと、そう思った。
ケータイを取りだし、さっきもらったメモに書かれた電話番号に電話した。
――プルルル。
『はい』
「あの……拓磨、だけど」
『あぁ、どうしたんだい？』
「俺……母親と会うよ」
『……本当に？』
父親は驚いた様子だった。
「あぁ。母親に会いたいんだ。もう一度……」
『そっか。じゃあまたお母さんの予定を聞いたら、連絡するよ』
父親との電話を切ると、俺は再び目を閉じた。
母親……母さんは、元気にしているんだろうか。
ずっと、夢に見た母さんとの再会。
俺の過去が時間を超えて、動きだした。

拓磨くんと幸せな時間

休日が明け、月曜日の朝になった。
いつも通り、私と拓磨くんは通学路を歩く。
「……美憂」
拓磨くんが急に深刻そうな表情で私を呼んだ。
「ん？　どうかしたの？」
「実はさ……俺、金曜日に父親に会ったんだ」
「……え!?」
拓磨くんの口から出たのは、驚きの言葉だった。
「どうして急に……っ」
「父親が美憂の家の最寄り駅でいつも俺を見かけていたらしくて……話しかけてきたんだ。で、真実を教えてもらった」
「真実……？」
「あぁ、俺は……母親のことをカン違いしていたんだ」
母親のことって……虐待されてた、ってこと？
カン違いって……どういうこと？
「実は……」
拓磨くんはゆっくり、お父さんから聞いた事実を話してくれた。
「……ってことだったんだ」
拓磨くんの話を聞いて、私は涙が出そうになった。
拓磨くんのお母さんはひとりでいろいろなことを抱えこ

んでいたんだ……。
　そして拓磨くんは捨てられてなんかいなかったんだ。
　ちゃんと……ちゃんと、愛されていたんだ。
　嬉しさや切なさがこみ上げてきて、頭がごっちゃごちゃになる。
「それから……母親にも会うことになった」
「え……！」
「まだ、日にちとかは決まってないけど……母親と俺の都合の合う日に」
　私は嬉しさで拓磨くんに抱きついた。
「よかった……っ、よかったね、拓磨くんっ!!」
「あぁ」
　嬉しそうに微笑む拓磨くんに、私もまた嬉しくなる。
　ようやく、拓磨くんにも幸せが舞い降りた。
　止まったままだった過去が……動いたんだ。
「ったく、なんで美憂が泣いてんの」
　思わず涙が出てきて、拭っても拭っても止まらない。
　そっと指で私の涙を拭ってくれる拓磨くん。
「だって……嬉しいんだもんっ」
「美憂は人のために泣いたり、笑ったり、悩んだり大変だな」
　あはは、と笑う拓磨くん。
　だって、どんな感情も拓磨くんと共有したいんだもん。
　悩みも幸せもふたりで半分こ、したいんだもん。
　学校に着いて、私は葵ちゃんに拓磨くんのことを話した。
「へぇ、よかったじゃん」

「ほんとよかった〜〜」
「十数年ぶりに母親と再会って……どんな感じなんだろうね」
　たしかに。
　一緒に住み慣れてないから、最初は少し人見知りしちゃいそう。
　って、それは私だけかな？
「あ・お・い・ちゃーん!!!」
「……来た」
　葵ちゃんは教室に響き渡る声を聞いて、険しい表情をした。
　そして顔をそむける。
　そして私の目の前をものすごい速さでなにかが通り過ぎ、気がつけば葵ちゃんに多田くんが抱きついていた。
「おはよ、愛しの俺の葵ちゃんっ」
「……いつから多田くんのになったの」
「ずーっと前からだよ！」
「…………」
　葵ちゃんと多田くんの温度差がすごい。
　というか、ほぼ毎日この光景を見ている気がする。
「あ！　そういえば、拓磨の母親のこと聞いた!?」
　多田くんが私に今さら気がついたように言った。
「うん、聞いたよ」
「ほんとよかった〜……でもまさか、あんな真実が隠されていたなんてな。ビックリだよ」

「私もビックリしたよ」
「このまま、拓磨にもずっと幸せが続けばいいな」
「うんっ」
　拓磨くんの幸せは私の幸せ。
　好きな人の幸せを願うのは、当たり前のことだ。
「あ、そういえば」
　多田くんが思いだしたように言った。
　そして、耳打ちで、
「もう、拓磨とはちゅーしたの？」
　と、聞いてきた。
　ちゅーという単語を聞いた瞬間、私の全身は熱くなる。
　ドキドキしながら首を振ると、多田くんはビックリした表情をした。
「へぇ～……。俺だったら絶対ガマンできないけどな。すげぇな……美憂ちゃん、愛されてるんだな」
「え？　ガマンって……なに？」
　そういえば結構前にも、拓磨くんをあんまりガマンさせちゃダメだって言ってたよね？
　私……拓磨くんになにかガマンさせてるのかな？
「はは、それは俺からは言えないかな～？　だから、拓磨に聞いてみな？」
　多田くんは楽しそうに笑いながら言った。
　……よし、今度タイミングがあったら聞いてみよう。
　私だけ拓磨くんに甘えて、拓磨くんにガマンをさせるなんてかわいそうだ。

だからちゃんと拓磨くんのワガママを聞いてあげなきゃね。

「拓磨くんが私に対してガマンしてることがあるんだって教えてくれて、ありがとう！」

「いえいえ」

そのときの多田くんの笑顔は少し意味深……だった気がした。

「ちょっと多田くん？　美憂にヘンなこと吹きこんだりしてないでしょうね？」

私と多田くんがコソコソ話していると、葵ちゃんが言った。

「ヘンなことはなにも言ってないから安心してっ！　ね、美憂ちゃん？」

「う、うん」

「多田くん信用できない……」

疑いの目で多田くんを見る葵ちゃん。

その目が少し怖かった。

「もう、葵ちゃんってば俺が美憂ちゃんとヒソヒソ話してるからすねてるの？　かーわいっ」

嬉しそうに葵ちゃんの頬を指で突く多田くん。

「はぁ？　どーやったらそんな思考に至るの？　ポジティブすぎてムカつく」

「葵ちゃん照れてる〜！　可愛いっ！　好き！」

「あぁ、もう！　くっつかないでっ！」

顔を真っ赤にして拒否する葵ちゃんを見ていると、照れてるだけなんだなってわかる。
　このふたり、本当見てて飽きないな。
　一体、いつになったら結ばれるんだろう。
「ふたりはまだ付き合わないの？」
　気になって聞いてみた。
　すると、多田くんは目を輝かせた。
「近々付き合う予定だよ！　期待しててね!!」
「はぁ!?　どこからその自信がわいてくるの？」
「はぁ〜〜照れてる葵ちゃん可愛いなぁ〜〜」
　怒る葵ちゃんを無視してぎゅうっと抱きしめる多田くん。
「……私の話を聞け」
「と・に・か・く！　俺は葵ちゃんのこと大好きだから、葵ちゃんの心の準備ができるまで、ずーっと待ってる！」
「……っ」
　多田くんの言葉を聞いた瞬間、葵ちゃんは顔を真っ赤にして黙りこんだ。
　多田くん、本気で葵ちゃんのことが好きなんだ。
　だから男ギライの葵ちゃんのことを考えて……ずっと、待ってるんだ。
　ふざけてるように見えるけど、でも、多田くんはすっごく一途なんだ。
　見てて伝わってくる。
　いい彼氏になりそうだけどな、多田くん。
「こっ、心の準備ができたとしても、たっ、多田くんとは付き合わないからっ！」
　動揺しているのか、噛み噛みの葵ちゃん。
　葵ちゃんってば、可愛いなぁ……。
　私がもし男の子だったら葵ちゃんを好きになってたかも。
　って、そうなると多田くんとはライバルか。
　勝てないな。
「も～！　そんなこと言わずにさ！　ね？　俺と付き合うことも考えてよ！」
「うるさいっ」
「葵ちゃん、大好き～」
「公共の場でそんな大きい声で言うのやめてくれる!?」
「じゃあ、ふたりきりになれる場所に行こっ」
「行きません」
　ダメだ、完全にふたりの世界に入りこんじゃってる。
　お邪魔虫はそろそろこの場から離れよう。
　私はそーっとふたりのところを離れて、いつものように机で寝ている拓磨くんの席へ。
「拓磨くん、起きて」
　拓磨くんの机の前にしゃがんで、拓磨くんの手を指で突く。
「ん、起きてる」
　むくっと起きあがって、大きなあくびをした。
「拓磨くん、やっぱり毎朝無理に私の家まで迎えにこなくて大丈夫だよ？　学校の最寄り駅とかに集合でもいいし」

毎朝、ＨＲが始まるまで寝ている拓磨くん。

きっと、遠いのにわざわざ早起きして私の家まで迎えにきてくれているせいだと思う。

「……いや、無理なんかしてない。俺が美憂を迎えにいきたくて行ってるだけだから」

「でも……」

「本当に大丈夫だから。心配はいらないよ」

優しく笑って、私の頭をポンポンと撫でる。

「１秒でも長く、美憂と一緒にいたいんだよ」

拓磨くんのその言葉が嬉しくて、思わず笑顔になる。

「えへへ、私も」

まさか、こんなにも拓磨くんを好きになるなんて、拓磨くんと出会ったばかりのころは想像もしてなかったな。

拓磨くんと一緒にいられる幸せを感じられるようになるなんて。

今でもたまに、これは夢なんじゃないかって思うときがあるほど、幸せだ。

「ねぇねぇ、また放課後一緒にどっか行こうよ」

急に、拓磨くんと放課後にデートしたくなって、言ってみた。

「あぁ、じゃあ今日にでも行く？」

「え！　いいの？」

「うん」

やったー！

拓磨くんと放課後デートって久しぶりだ。

たしか……アップルパイ食べにいって以来？
「なにかしたいこととかある？」
「したいことかぁ〜……うーん……」
ただ、拓磨くんとデートしたいとしか考えてなかったから、全然思いつかない。
……あ、そうだ！
「駅前にアクセサリー見にいきたいな。あと、甘いもの食べたい！」
葵ちゃんとよくふたりで行くアクセサリーショップがある。
最近、全然行ってないから行きたい。
可愛いアクセサリーがいっぱいあって、お気に入りなんだ。
「わかった。じゃあそうしよう」
「うん！」
えへへ、楽しみだなぁ。
拓磨くんと一緒なら、どこへいくのも楽しさが倍増する。
「美憂、嬉しそうだな」
「だって嬉しいんだもんっ」
早く放課後にならないかなぁ……って、まだ朝のＨＲも始まってないけどね。
ちょっと気が早いかな。
幸せな気持ちで、１日がスタートした。

「はい、じゃあこれで授業終わります」

「きりーつ。礼、着席」
　3時間目が終わって、私は葵ちゃんの席へ。
「あぁ～、お腹空いた……」
　早く昼休みにならないかなぁ。
　さっきの授業中、お腹が鳴りそうで焦ったよ。
「アメあげる」
　葵ちゃんはポケットからイチゴミルクのアメを取りだして、私の手に置いた。
「ありがとう！　早速食べちゃおーっと」
　包み紙をはがして、アメを口に含む。
「ん、おいしい」
「そのアメ、おいしいよね」
「うんっ！」
　イチゴミルクの甘さが口の中いっぱいに広がって幸せだ。
「葵ちゃんって……多田くんのこと、好きなんだよね？」
　近くに多田くんがいないことを確認して、小声で聞く。
「えっ」
　私の問いかけに葵ちゃんは顔を赤くした。
「……まぁ、別にキライではないけど……」
　葵ちゃんは俯いて、なにかを考えこむ。
「どうかしたの？」
　葵ちゃんのこんなに寂しそうな顔、初めて見たかもしれない。
　なにか悩みでもあるのかな？

「前に、美憂が居残り掃除させられたとき、多田くんと放課後に少し遊んだじゃん？」

　そういえばそんなこともあったな。

　葵ちゃんが私を誘ってきたけど、私が無理だから、多田くんが葵ちゃんと……って。

「う、うん」

「その帰りに、多田くんが家まで送ってくれたんだけど、家にちょうど着いたときにお兄ちゃんが家から出てきて」

「あ……」

　あの過保護なお兄ちゃんが出てきたってことは、もしかして……。

「多田くんのことを１発、殴っちゃったんだよね」

「えっ」

　でも、過保護なお兄ちゃんならやりかねないか……。

　葵ちゃんのこと大好きだもんね。

「でも多田くん、お兄ちゃんに私が好きなんだって何回も言ってたの」

「多田くん……」

　多田くんの葵ちゃんへの愛の大きさにじーんときた。

　葵ちゃんのこと大好きなんだって伝わってくる。

「それでもお兄ちゃんは『あんなチャラチャラしたヤツは信用できない』とか、『ただのストーカー』とか、多田くんをいいふうには思ってないみたいでさ。どうしたらいいのか、わかんないんだよね……」

　はぁ……とため息をつく葵ちゃん。

「多田くん、そんなに悪い人じゃないんだけどなぁ」
　葵ちゃんの言葉を聞いて、少し前の自分を思いだした。
　拓磨くんの優しさを知ってから私は、拓磨くんを冷たい目で見る人たちに対して、そう思っていたから……。
「葵ちゃんがちゃんとお兄ちゃんたちに……言えばいいんじゃないかな？」
「え？」
「多田くんは本当はすごくいい人なんだってことを……話せばいいんじゃない？」
　人は人を見た目で判断しがちだ。
　でも、その人の本当の性格は実際に関わってみないとわからないもの。
「やっぱり葵ちゃんは、多田くんが好きなんだね」
「な、なに言ってるの？」
「私にはわかるよ」
　葵ちゃん、本当は素直になれないだけで、多田くんのことが好きなんだ。
　多田くんと話してるときの葵ちゃん、恋してますって顔だし。
　それに、お兄ちゃんに認めてもらいたいって思うってことは……好きってことでしょ？
「私、葵ちゃんの恋、応援してるからね」
「美憂……」
「次は私が葵ちゃんを応援する番だもん」
　今まで葵ちゃんに何回助けられたことか。

だから今度は私が背中を押してあげないと。
「……そうね、お兄ちゃんに少し話してみる」
「ほんと!?」
「うん、ありがとう美憂」
葵ちゃんは頬を少し赤らめて、ニッコリ笑った。
あぁ、葵ちゃんはやっぱり恋してるんだ。
葵ちゃんの笑顔から恋する乙女オーラが伝わってきた。
「葵ちゃん、多田くんに好きだって言っちゃえばいいのに」
せっかく両想いなのにもったいない。
葵ちゃんがＯＫすればすぐに付き合えちゃうのに。
「言えるワケないでしょ、今さら。散々、多田くんのことを拒否ってきたんだし……」
「なるほど、そういうことか……」
葵ちゃんは照れ屋さんだから、今さら素直になれないんだ。
「でも、いつかはちゃんと素直になって言わなきゃ、誰かに取られちゃうかもよ？」
いくら葵ちゃんにゾッコンな多田くんでも、油断はできない。
「そ、それは……わかってるけどさ」
モジモジと頬を赤くして俯く。
「好き、とか人に言い慣れてないし……」
「ふたりでなんの話してるのっ？」
「「わぁ!!」」
多田くんが急に話に入ってきて、私と葵ちゃんは声をあげる。
「ビックリしたぁ〜……」
　心臓に悪いよ、多田くん。
　というか、さっきの会話……聞かれてないよね？
「ごめんごめん、ふたりがヒソヒソ話してるから、俺も仲間に入れてほしくてさっ」
　あははと笑いながら、髪をくしゃっと触る多田くん。
　いや……まさに多田くんの話をしてたんだよ。
　なんて、言えないけどさ。
「で、なんの話してたのー？」
「たっ、多田くんには関係ない話だから！　どっか行ってくれる!?」
　葵ちゃんは少し赤い顔で、多田くんに言った。
　すると、多田くんは葵ちゃんの頬に手を伸ばした。
「葵ちゃん、赤いよ？　頬っぺたも熱いし……熱でもあるんじゃ……」
「ない！　絶対ないからっ」
「……そっかぁ」
　なぜか多田くんは今朝とは違い、テンションが低かった。
　どうしたんだろう？
　なにかあったのかな……？
　いつもなら葵ちゃんに冷たくされても、めげずに話しかけるのに……。
　多田くんの寂しそうな表情に、私は首を傾げた。
「多田くん、なんか元気ないね？　なにかあったの？」

　気になって声をかけてみるが、我に返ったように笑って、
「え？　俺はいつも通り元気だよ？　ほら！」
　ぴょんぴょんと跳んで見せた。
　でも、私にはその笑顔が作り笑顔にしか見えなかった。
「あ、俺、次の授業で提出のプリントまだできてないんだった！　やらなきゃ！」
　多田くんはそう言って、自分の席へと戻っていった。
「なんか……多田くん、様子ヘンだったね」
「うん……どうしたんだろう。まさか、私がどっか行ってとか言ったから？」
　葵ちゃんは少し不安そうに多田くんを見つめる。
「いやいや、でも葵ちゃんがそういう態度なのはいつものことだし……。なにかあったのかな？」
「うーん……」
　あとで少し、声をかけてみようかな。
　私ができることがあるんだったら、協力してあげたいもん。

　チャイムが鳴って、私と葵ちゃんはそれぞれの席に着く。
　昼休みまであと１時間。
　頑張りますか。
　４時間目は好きな現代文でなんとか乗りきることができた。
「昼休みだ〜」
　お腹空いた〜……。

授業中、何回もお腹鳴っちゃったし。

まぁ、周りの人には聞こえてなかったっぽいからよかったけど！

「美憂、行くよ」

「うんっ」

お弁当箱を持って、いつも通り屋上へ。

屋上の扉を開けると、冷たい風が吹き抜ける。

「寒……」

「もう12月だし、屋上で食べるのも限界がきたね。明日からは教室で食べよ」

「うん、そうだね」

今日はもう屋上まで来ちゃったし、ガマン。

ていうか、今までよくこの寒さで耐えられたな。

拓磨くんと話してると、寒さなんて感じなかった。

楽しくて寒さまで忘れるなんて……。

拓磨くんの隣で、お弁当を食べ始める。

「美憂、寒くない？」

「うん、大丈夫だよ」

お弁当を食べながら、拓磨くんの優しい言葉に嬉しくなる。

「そういえば、多田くんが少し元気ないんだけど……拓磨くん、なにか知ってる？」

「いや、知らない」

拓磨くんも知らないのかぁ～……。

じゃあやっぱり本人に聞くしかないか。

「今朝までは元気だったのになぁ〜……急にどうしちゃったんだろう」
いつもあんなにハイテンションな多田くんの元気がないと、少し心配だ。
「美憂」
「ん？　……ひゃあっ」
考えこんでいると、突然拓磨くんが名前を呼んで抱き寄せてきた。
思わずお弁当箱を落としそうになる。
「どうしたの？　拓磨くん」
「……いくら祐輝のことでも、他の男の話をしないで」
「へ……？」
「……俺、カッコ悪いね」
そう言って、私を解放する拓磨くん。
もしかして……ヤキモチ？
か……可愛い！　拓磨くんがヤキモチ焼いてくれるなんて……！
「ふふ、拓磨くん、ヤキモチ？」
嬉しくなって、拓磨くんに聞いてみる。
「……別に」
フイッと私から目をそらした拓磨くんを見て、そうなんだと確信する。
その瞬間、にやけが止まらなくなる。
「えへへ、拓磨くん可愛いっ」
拓磨くんの頭をよしよしと撫でる。

「やめろって！　お前が祐輝のことをめちゃくちゃ心配するから、ちょっとムカついただけだし……」
　拓磨くんの顔は真っ赤で、まるでリンゴのようだ。
「大丈夫だよ、私は拓磨くんが大好きだもんっ！　離れたりしないよ？」
「……っ、不意打ちでそういうこと言うの、やめてくれる？」
　余裕がなさそうに、私をギュッと抱きしめる。
　そんな拓磨くんが愛おしくて、抱きしめ返す。
「あ、そういえば」
　私はふと、今朝多田くんに言われたことを思いだした。
「ん？」
「拓磨くん……私に対して、なにかガマンしてるの？」
「えっ、なんだよいきなり」
「ねぇ、答えて」
「そ、それは……」
　拓磨くんは言いづらそうに私から目をそらす。
　……多田くんの言う通り、やっぱりなにかガマンしてるんだ。
「……してるよ、ガマン」
「へ……？」
「本当は美憂にキスしたいし、ずっと触れてたい」
　拓磨くんの言葉に私の体は熱を帯びる。
　あ……そういうことだったんだ。
　多田くんの言葉の意味が、ようやくわかった。
『もう、拓磨とはちゅーしたの？』

多田くんの言葉を思いだして、納得する。

ガマンなんてしなくてもいいのに。

私だって拓磨くんとキスしたり、触れ合いたいよ。

「拓磨くん、ちゅーして？」

「は……美憂、正気？」

「私も……拓磨くんとキスしたいんだもん」

拓磨くんの彼女は私だって、私が一番なんだっていう証拠が欲しい。

「キスなんてしたら……俺、止められなくなるかもしれないよ？」

「……うん、いいよ。拓磨くんだったら……」

「……っもう、知らねー……」

拓磨くんの唇と私の唇が重なる。

「ん……っ」

何度も何度も角度を変えて、唇を押しつけてくる。

初めてのキスで、どうしていいのかわからず、ただ拓磨くんのキスを受け入れる。

幸せで、甘い優しいキスだった。

「……っごめん、危なかった」

我に返ったようにキスをやめる拓磨くん。

「ううん、すっごく嬉しい」

拓磨くんの愛が伝わってきて、嬉しかった。

拓磨くんの彼女は私なんだって、実感できた。

「美憂、いっつもオデコにキスするだけで真っ赤になるから、口にしたらぶっ倒れるんじゃないかと思ってた」

「そっ、それは……い、いつも拓磨くんが不意打ちでするからだよっ！」

拓磨くんはいつも突然キスをする。

だからいっつもアワアワしちゃうんだ。

でも、今日はちゃんと心の準備ができてたもん。

「じゃあ次は不意打ちで唇にキスしようかな」

「ダ、ダメだよ～～!!」

イジワルな笑みを浮かべる拓磨くんの胸を軽く叩く。

「はいはい、冗談だよ」

「もう……んっ！」

気を抜いた瞬間に、拓磨くんがまた私にキスをした。

「スキあり」

「も、もう～～!!」

や、やられた……。

私の顔は自分でもわかるほど真っ赤だ。

拓磨くんのせいだ……。

それからお弁当を食べ終えて教室に戻ると、多田くんがドヨーンとした雰囲気を醸(かも)しだして机に伏せているのが目に入った。

「多田くん……やっぱりなんかおかしいよね」

「祐輝はテンションの上がり下がりが激しいんだよね」

「やっぱり私、少し聞いてくる！」

自分の机にお弁当箱を置いて、多田くんの席へ。

「多田くん！」

「あぁ……美憂ちゃん。どうしたの？」

「多田くんこそ、どうしたの？　元気ないね」
「えぇ……？　俺はすこぶる元気……だよ。あはは……」
　多田くん、目が死んでる。
　魂が抜けた抜け殻みたい。
　多田くんの感情をこんなに左右させるものって、葵ちゃんぐらいしか思いつかない。
「もしかして、葵ちゃんのことでなにかあった？」
　葵ちゃんの名前を出した瞬間、多田くんは一瞬ビクッと動いた。
　……やっぱりそうなんだ。
「ねぇ、美憂ちゃん……」
「う、うん？」
「葵ちゃんって……好きな人、いるんだよね？」
「えっ」
　多田くんの言葉に驚きを隠せない。
　なんで知ってるの!?
「いや、実は休み時間に美憂ちゃんと葵ちゃんが話してるのがちょっと聞こえて……。早く自分の気持ちを言わないと他の人に取られちゃうとかなんとか……」
　多田くんの口ぶりからして、多田くんは葵ちゃんの好きな人はわかってないようだ。
　ということは、葵ちゃんに好きな人がいることにショックを受けてるってこと……だよね？
「やっぱり……葵ちゃんが好きになる人って、俺みたいなヘタレとは大違いなんだろうな……」

「多田くん……」

　葵ちゃんが好きなのは多田くんだよって言えるはずもない。

　じゃあどうすれば……。

　……あ、そうだ。

「多田くん、そこで落ちこんでどうするの！」

「美憂ちゃん……」

「もう一度、ちゃんと葵ちゃんに面と向かって気持ちを伝えてみなよ。そんな簡単に諦められるほど、多田くんの気持ちは軽くないでしょ？」

　私が背中を押してあげよう。

　多田くんと葵ちゃんの想いが実るように……。

「……うん、俺、頑張ってみる」

　固く決心したように、多田くんは上を向いた。

「そうこなくっちゃ」

　多田くん、頑張れ。

　私にはこんなことしかできないけど……。

「そうと決まれば早速、今日、一緒に帰ろうって誘わなきゃ！」

　多田くんは風のような速さで、葵ちゃんのもとへと走っていった。

「やれやれだね」

　私と多田くんのやりとりを見ていたのか、拓磨くんが後ろから私の頭をポンポンした。

「両想いって気づいてるのに素直になれない七瀬と、両想いなのに全く気づかない祐輝。見ててじれったいよね」
「……あれ、拓磨くん、葵ちゃんが多田くんを好きだって気づいてたんだ」
「当たり前。アイツの態度見てたら、一目瞭然でしょ」
「だよね」
あのふたりはどう見ても両想いだし、お似合いだ。
きっと私だけじゃない。
クラスメイトみんなも思ってると思う。
「早くふたりが付き合えるといいね」
「そうだな」
私は葵ちゃんと多田くんが話している様子を見て、微笑ましい気持ちになった。
それから午後の授業が終わり、放課後になった。
「美憂、行くよ」
「うんっ！」
カバンを持って、立ちあがる。
すると。
「多田くん、早く来ないと置いていくからね」
「待って葵ちゃんっ!!!」
葵ちゃんと多田くんが一緒に教室を出ていこうとしていた。
多田くん、ちゃんと誘えたんだ。
よかった。
ホッとしていると、ふと多田くんと目が合った。
多田くんはニコッと笑って、口パクで『ありがとう』と言った。

私は大きく頷いて『頑張れ』と返した。

多田くんが、ちゃんと自分の気持ちを言えますように。

葵ちゃんが、素直になれますように。

心の中でそっと祈った。

「よし、私たちも行こう」

「あぁ」

改めてカバンを持って立ちあがると、拓磨くんとともに学校を出た。

「駅前に行くの、なんだかちょっと久しぶりだなぁ」

「たしか、ちょっと前にアップルパイを食べにいって以来だっけ？」

「そうそう。あのアップルパイ、めちゃくちゃおいしかったなぁ～」

「また今度、食べにいこうぜ」

「うん！」

他愛ない話をしながら、駅前へ向かう。

駅前に着くと、私は拓磨くんをお気に入りのアクセサリーショップに連れていった。

「ここだよ！　私と葵ちゃんのお気に入りのアクセサリーショップ！」

「へぇ、美憂ってこういうのが好きなんだ」

ここのアクセサリー、パステルカラーのものを中心に種類も豊富で、とっても可愛いんだ。

「わぁ～、久しぶりに来たからいっぱい新作のアクセサリー増えてる！」

　ネックレスにブレスレット、ピンキーリングやイヤリング。

　どれも可愛くて、いつも１時間ぐらい滞在しちゃうんだ。

「……あ！　このネックレス可愛い！」

　私が手に取ったのは、ハートのシルバーのパーツがついた指輪の通ったネックレスだった。

「どうしよう、買っちゃおうかな～……」

　うーん、迷う。

　でもここまでピンときたネックレスは初めてだ。

「じゃあ、俺が買ってあげる」

「え!?」

「ほら、貸して」

　私の手からネックレスを奪うと、拓磨くんはレジに行ってしまった。

　会計を済ませると、拓磨くんは私にネックレスの入った袋を渡した。

「はい」

「ほ、ほんとにいいの……？」

「いいに決まってるでしょ。今までなにもあげられなかったしね。ほら、つけてあげるから後ろ向いて」

「う、うん……」

　言われた通り後ろを向くと、拓磨くんは袋からネックレスを取りだして、私の首に手を回した。

　拓磨くんとの距離が近くて、ドキドキしてくる。

「……はい、できた」
　私の胸元ではハートの指輪が輝いていた。
　やっぱり可愛い……。
　私にはもったいないぐらいだよ……。
「ありがとうっ！　拓磨くん」
「どういたしまして」
「大切にするね」
　拓磨くんからもらった初めてのプレゼント。
　嬉しくてにやけが止まらない。
「美憂、にやけすぎ」
「だって嬉しいんだもんっ」
「……それはよかった」
　私の顔を見て、拓磨くんも嬉しそうに笑った。
「で、次は甘いもん食べにいくんでしょ？　どこに行きたい？」
「うーん、どうしよっかなぁ……あ！　あそこのカフェ行こうよ！」
　目に入ったのは木造のレトロな雰囲気のカフェだった。
　店の前にある看板に大きく載っているフォンダンショコラに釘づけになる。
「フォンダンショコラ……おいしそうだね」
「え！　私も同じこと思ってた！」
　なにも言ってないのに同じことを思ってたなんて……これって運命!?
　なーんてね。

「じゃあ入ろっか」
「うん！」
　カフェに入ると、可愛いウエイトレスさんが席に案内してくれる。
「こちらの席へどうぞ」
　席に着くと、私は早速メニューを開いた。
「うーん、やっぱりフォンダンショコラが一番食べたい！　飲み物はどうしよう……」
「俺もフォンダンショコラと……飲み物は……」
　あ、私の好きなココアだ。これにしよう。
「「ココアにしよ」」
　すると、拓磨くんと声がかぶった。
「あ……」
「また同じ、だね」
　おかしくて思わず吹きだしてしまう。
「ビックリしたよ」
「私も」
「じゃ、注文するか」
「そうだね」
　店員さんに声をかけて、拓磨くんが注文をする。
「フォンダンショコラふたつと、ココアがふたつ」
「フォンダンショコラがおふたつと、ココアがおふたつですね。かしこまりました。少々お待ちください」
　フォンダンショコラ、楽しみだな～！
　看板に載ってたの、めちゃくちゃおいしそうだったし。

「あ、そうえば」

拓磨くんがなにかを思いだしたように声を発する。

「ん？　どうしたの？」

「さっき父親からメールが来てて、母親が平日の夕方以降しか都合のいい日がないらしくて……。だから、その日だけ家まで送ってやれないかも」

「そうなんだ！　いいよ全然！　私、ひとりでも帰れるよ」

「そっか。ならよかった」

ひとりで帰るのは寂しいけど……でも、拓磨くんがお母さんとの久しぶりの再会するんだもん。

ワガママは言えない。

拓磨くんのことを応援してあげなきゃね。

「拓磨くんのお母さんって、どんな人か気になる！　拓磨くんがカッコいいから、きっとすっごく美人なんだろうなぁ～……」

「母親の記憶……小さいころで止まってるけど、たしかに美人な方かも」

「やっぱりそうなんだ！」

１回でいいから、会ってみたいな。

拓磨くん想いで、美人な拓磨くんのお母さんに。

きっと、ステキな人なんだろうな……。

「お待たせしました。フォンダンショコラとココアでございます」

すると、ウエイトレスさんが目の前にフォンダンショコラとココアを置いてくれた。

「わぁ〜……！」
「おいしそう」
　フォンダンショコラにはバニラアイスが添えてあって、チョコのいい匂いがする。
「じゃあ早速、いただきますっ！」
　手を合わせて、ナイフでフォンダンショコラを切る。
　その瞬間、中からトロトロのチョコレートが出てきた。
　そしてひと口サイズに切って口に運ぶ。
「ん〜〜!!　すっごくおいしい！　なにこれ！」
　口の中にチョコの甘さが広がって、口当たりがいい。
「ほんとだ、おいしいね」
　拓磨くんもひと口食べて、幸せそうに笑った。
「バニラアイスも濃厚でおいしい！　最高！」
「美憂、幸せそうだね」
「うんっ！　幸せ！」
　拓磨くんにネックレス買ってもらったし、おいしいフォンダンショコラも食べられて、すっごく幸せ。
「ん！　ココアもおいしい！　拓磨くんも飲んでみてよ！」
「あぁ……ほんとだ。ココアが濃くておいしい」
「えへへ、ここのお店もまた来ようね」
「あぁ」
　拓磨くんは私が笑うと、ニッコリ微笑んだ。
　フォンダンショコラを完食し、帰ろうと立ちあがる。
　そして財布を取りだすと、拓磨くんが止めた。
「いいよ、俺が払うから」

「えっ、でも……」
　ネックレス買ってもらったのに、申し訳ないよ……。
「遠慮しなくていいから。美憂は彼女なんだし、これぐらいさせてよ」
　拓磨くんに彼女って言われて、改めて自分は拓磨くんの彼女なんだと実感する。
　にやけそうになるのをガマンするのが大変だ。
「ほんとにいいの？」
「あぁ、もちろん」
「じゃあ、お言葉に甘えて……」
　拓磨くんに奢ってもらい、お店を出る。
「じゃ、帰るか」
「うん！」
　少し名残惜しいけど、すっごく楽しくて充実した時間だった。
　またこうやって、ふたりでどこかに行きたいなぁ。

最終章

突然の別れ

　それから数日後の放課後。
　私はいつも通り拓磨くんと通学路を歩く。
「あのさ」
　拓磨くんが口を開いた。
「ん？　どうしたの？」
「実は明日の放課後、母親と会うことになったんだ」
「え、ほんと……!?」
　ついに、拓磨くんがお母さんに会えるんだ……！
「やったじゃん！」
「ちょっと緊張してるけど、ね」
「久しぶりに会うんだもんね。でも、拓磨くんのお母さんだもん、きっと優しくていい人だよ」
「あぁ、そうだね」
　自分のことのように嬉しくて、拓磨くんと繋いでいた手をブンブン振り回す。
「そういえば拓磨くんって、これからお母さんとどうするの……？」
「え？」
「いや、一緒に住んだりするのかなぁって」
　拓磨くんにもようやく幸せがやってきた、なんて勝手に思ってたけど……。
　幸せってお母さんとまた一緒に暮らすこと？

それともただ、お母さんに会うこと？
うーん……微妙なラインだな。
「……さぁ、どうだろう」
拓磨くんは少し険しい表情で俯く。
「拓磨くん……？」
「いや……なんでもないよ」
なんだか少し、拓磨くんの様子がヘンな気がした。
……気のせい？
「……あ！　そうだ」
私はあることを思いだしてカバンの中をあさる。
「えーっと、たしかここに入れたはず……あ、あった！　はい、これ」
そして小さな袋を取りだして、拓磨くんに渡す。
「なに、これ」
「この間の放課後遊びに行ったときのお礼！　気に入ってもらえるかわからないけど……」
「開けていい？」
「うんっ」
してもらってばかりだったから、私からもなにかプレゼントとかしてあげたいなぁと思って、前の土曜日にひとりで買いにいったんだ。
「これ……めちゃくちゃ俺の好み！」
私が拓磨くんにプレゼントしたのは、シンプルなブレスレットだった。
「ほんと!?　どんなのがいいのかわからなくて、店員さんに相談したんだ」
「それって、男？」
「うん、そうだよ。だって男の人の好みわかんないし……」
「ったく、相変わらずガード甘いんだから……」
　ふふ、拓磨くんヤキモチかな？
　可愛い。
　拓磨くんは私に呆れながらも、嬉しそうにブレスレットを早速つけてくれた。
「うん、いい感じ」
「拓磨くん、似合ってるよ」
　想像以上にそのブレスレットが拓磨くんに似合っていて驚く。
「美憂、さんきゅ」
　優しく笑って私の頭をポンポン撫でる。
　手から伝わってくるぬくもりが嬉しくて、笑顔になる。
　私、拓磨くんに頭撫でられるの好きだ。
　温かくて大きな拓磨くんの手が大好きだ。
「これ、ずっと大事にする」
「私も、ネックレス大事にするっ！」
　このネックレスはなによりも大切だ。
　拓磨くんからもらった、思い出のネックレス。
　もらった日から毎日つけている。
「じゃ、風邪引かないようにな」
　あっという間にふたりの時間は終わり、私の家に着いてしまった。

「うん、拓磨くんもね」
「あぁ、また明日」
「ばいばい！」
　拓磨くんに手を振り、私は部屋に入ってベッドにダイブした。
「明日はひとりで帰らなきゃいけないのかぁ……」
　拓磨くんがお母さんと会うということは、一緒に帰れないってことだもんね。
　寂しいなぁ……。
　学校から家は結構距離があるから、余計にツラい。
　いつもは拓磨くんと一緒だからそんなに距離を感じないけど。
　――ブーブー。
　すると、制服のポケットでケータイが震えた。
　ディスプレイを確認すると、葵ちゃんからだった。
　……あっ、そういえば。
　この間の放課後……私と拓磨くんがデートした放課後、多田くんは葵ちゃんに告白しようとしたんだっけ。
　でもたしか、結局言えなかったっていうのを多田くんから聞いた。
　で、今日リベンジするんだって言ってたけど……もしかして……!?
　慌てて葵ちゃんからのメッセージの画面を開く。
　するとそこには……。
《美憂、聞いて。私、多田くんと付き合うことになったよ》

そう、書いてあった。
そのメッセージを見た途端、喜びで手が震える。
やった……！
ついに多田くんと葵ちゃんが結ばれたんだ……！
《葵ちゃん、おめでとう！　ちゃんと自分の気持ち、言えたんだね！》
震える手で頑張ってそう返事した。
多田くんにも明日、ちゃんとおめでとうって言わなきゃ！
やったぁ……！
自分のことのようにめちゃくちゃ嬉しい！
――ブーブー。
するとまた、葵ちゃんから返信が来た。
《美憂のおかげだよ。ありがとう！　あとはお兄ちゃんを説得するだけ……頑張るね》
そうか、葵ちゃんにはお兄ちゃんという壁があるんだった。
でもここまできたんだもん。
絶対にふたりには幸せになってほしい。
だから応援しなきゃ。
《葵ちゃんの好きな人なんだもん、お兄ちゃんもきっと認めてくれるよ。頑張って！》
そう返信して、ケータイをギュッと握りしめた。
私には祈ることしかできないけど……。
どうか、ふたりがお兄ちゃんに認めてもらえますように。

次の日の朝。
また今日も拓磨くんと手を繋いで、通学路を歩く。
「美憂、今日いつもよりテンション高いね」
繋いでいる手をブンブン振り回して歩く私に拓磨くんが微笑んだ。
「だって、多田くんと葵ちゃんがやっと結ばれたんだもん！嬉しいに決まってるじゃん！」
「あぁ、そういえば昨日、祐輝が電話してきて言ってたな……うるさいから切ったけど」
「あはは、多田くんらしいね」
テンション上がりながら拓磨くんに電話する多田くんが容易に想像できて、思わず笑ってしまう。
きっとずーっと叫ぶように喜んでたんだろうな……。
「今日も学校行ったらうるさいんだろうな……ウザ」
イヤそうな顔をしてため息をつく。
でも、少し嬉しそうにも見えた。
「まぁまぁ、そんなこと言わずに、早く学校に行こう！」
私は拓磨くんの手をグイグイ引っ張る。
「えー……めんどくさ」
そんなことを言いながらもちゃんとついてきてくれる拓磨くんは、やっぱり優しい。
教室へ向かっていると、教室の前の廊下で多田くんが待ち構えていた。
「た・く・まーっ!!」
拓磨くんを見た途端、ものすごい速さで走ってきて、拓磨くんに抱きつく。
「うわあ……朝からウゼェ……」
「えへへ、もう拓磨ってばそんな照れちゃって～!!」
「……キモ」
「もう！　ツンデレな拓磨も大好きだぞ！　俺は！」
「黙れ、離れろ」
　……なんかすごく、多田くんにポジションを取られた気分。
「あぁ、ごめんね、美憂ちゃん！　そして本当にありがとう！」
「いや、私はなにもしてないよ」
　頑張ったのは多田くんと葵ちゃんだもん。
　私はただ、応援しただけ。
「ううん、美憂ちゃんの言葉がなかったら俺、前に進めなかったよ！」
「本当によかった。おめでとう、多田くん」
　これからもふたりのあの幸せそうな絡みを見られると思うと、楽しみだ。
「で、今日は葵ちゃんと一緒に学校に来たの？」
「ううん、葵ちゃんに送り迎えはもう少し待ってって言われたんだ。お兄さんに話をしたいからって」
「そっか……なるほど。お兄ちゃんに認めてもらえるといいね」
「うん！　今度ちゃんとお兄さんに挨拶しようと思うんだ。なんだか結婚前の挨拶みたいだけどさ」

笑いながら言った多田くんは、なんだか少し不安そうだった。
でも、きっと大丈夫だよね。
多田くんの葵ちゃんへの気持ちは、誰よりも強いもん。
お兄ちゃんもきっと、わかってくれる。
私はそう信じている。
「……あ！　葵ちゃんだ！　葵ちゃーん!!」
多田くんの大きな声が廊下中に響き渡る。
その途端、廊下にいた生徒が多田くんの方を見てから、向こうから歩いてくる葵ちゃんを見た。
「……美憂、行こうぜ」
「うん、そうだね」
少し恥ずかしくなって、私と拓磨くんは逃げるように教室に入った。
自分の席で教科書類を机の中に入れていると、葵ちゃんと多田くんが教室に入ってきた。
「葵ちゃん、今日も可愛いなぁ〜」
「もう！　大きい声でやめてくれる!?」
「怒っても可愛い！　葵ちゃん可愛い！　あーほんとに可愛い〜〜!!」
「黙ってて、ほんとに」
わぁ……ふたりだけの世界って感じ。
なんだかうらやましいな、多田くんみたいに愛情表現をしてくれる人。
まず、拓磨くんが多田くんみたいにデレるなんて想像できないけど……ね。
　チラッと拓磨くんの方を見ると、バッチリ目が合った。
「どうかした？」
「ううん、ただ、拓磨くんが多田くんみたいにオープンに愛情表現するところは想像できないなーと思っただけだよ」
「……いちいち言わなくても、俺は美憂のこと常に可愛いって思ってるし」
「……っ」
　拓磨くんの言葉に胸がじんじん熱くなってくる。
　もうっ、不意打ちはズルいよ、拓磨くん。
　恥ずかしいのか、目をそらす拓磨くんに私の胸はまた音を立てた。
「俺も祐輝に負けない、彼女バカかもしんない」
　照れくさそうにフッと笑う拓磨くんにつられて私も笑顔になる。
　彼女バカかぁ……。
　それだったら私も、彼氏バカかもしれないなぁ。
　拓磨くんのこと、大好きだもんっ。
「拓磨くん、好きって言って！」
「はぁ？　なにいきなり……」
　だって、好きって言ってほしくなったんだもん。
　好きって言葉はたった２文字だけど、でも、それだけで幸せになれる。
　不思議だなぁ……。

「好き、じゃないの？」

今日ぐらい、私が拓磨くんにイジワルしてもいいよね？

いつもの仕返し！

「好きなんて言葉がなくても、十分美憂には愛情表現してるつもりだけど？」

「それだけじゃ、足りないもん」

「ったく、美憂は欲張りだね」

フーッと息を吐くと、立ちあがって、私の耳に顔を近づけた。

「だ・い・す・き」

拓磨くんの甘くて低い声が耳から注がれ、顔がカアァと熱くなっていく。

ズルいよ、拓磨くんはいつも。

『好き』って言ってって頼んだのに。

結局いつも私がイジワルされてる。

「もう……っ」

「あ、赤くなった」

私が赤くなっちゃうのわかってて、そういうこと言うんだから……。

でも、笑顔になっちゃうんだ。

「あ、そーだ。今日、ＨＲ終わったら速攻帰るから今言っておくけど、絶対に寄り道したりせずに帰りなよ？　わかった？」

「わかってるよ」

拓磨くんは心配しすぎだよ。

寄り道するところなんてないし、ひとりでどこか行っても楽しくないし、絶対寄り道しない。
「気をつけて帰るんだよ？」
「もう、拓磨くんってばお父さんみたい」
クスッと笑うと、拓磨くんは私にデコピンを食らわせた。
「い、いった〜い……」
「お父さんじゃないし。彼氏だから」
「わかってるよぉ……」
だからってデコピンしなくてもいいのに……。
地味に痛い……うぅ。
「あーあ、リンゴ食べたいなー」
少しヒリヒリするオデコをおさえている私に言った。
「あ、今日リンゴ持ってきたよ」
すっかり忘れてた。
今朝、頑張って２個むいてきたんだった。
「ほんと？」
「うん！　今から食べる？」
「いや、昼休みにとっておく」
拓磨くんって本当にリンゴ好きだなぁ。
私、リンゴに負けちゃうんじゃないかと思うぐらいだ。
「リンゴ、ほんと好きだね」
「なに、ヤキモチ？」
少し嬉しそうに口の端を上げて笑う。
「ち、違うよ！」
「ふぅーん？　それならいいんだけど」

さすがにリンゴにヤキモチは焼かないもん。

ただ、拓磨くんはリンゴが大好きだなぁって思っただけだもん。

でもなぜかちょっと……悔しい気持ちになった。

「はい、じゃあまた明日。元気に学校に来るように！」

帰りのＨＲが終わり、みんな担任の声で解散していく。

「じゃあな、美憂」

「うん、ばいばい」

私に手を振ったあと、拓磨くんは走って教室を出ていった。

拓磨くんの背中が見えなくなるまでボーっと見たあと、教科書類をカバンにつめる。

「美憂、ばいばい」

「美憂ちゃん、またね！」

葵ちゃんと多田くんに手を振り返すと、ふたりは仲よく教室を出た。

幸せそうだな、ふたりとも。

私は今日、拓磨くんがいないからひとりか……。

やっぱり寂しいな。

ひとりでトボトボと学校を出ると、なんだかものすごく孤独感を感じた。

隣に拓磨くんがいないだけで、こんなに穴がぽっかりあいたようになるなんて。

私にとって拓磨くんが隣にいることは、もう当たり前だったもんな……。

いつかこんなふうに、拓磨くんがいなくなっちゃったりするのかな……って、そんなワケないよね。

拓磨くんはずっと私のそばにいてくれるって約束したもん。

さ、ヘンなこと考えてないでさっさと家に帰ろう。

私は家へ早歩きで帰った。

家に帰って自分の部屋に入るとベッドにバフッと飛びこんだ。

「拓磨くん、お母さんともう会ったかな……」

緊張するって言ってたけど、拓磨くんならきっと大丈夫だよね。

お母さんとちゃんと話し合えるといいな。

どんな話をするんだろう？

昔話かな？

それとも事件のことを話したり？

でも久しぶりすぎてあまり話せないかな？

……って私がこんなこと考えてどうするのって話だけどさ。

あぁ、すっごく気になる。

早く明日になって、拓磨くんに話を聞きたい。

「はぁ～～」

なんだか私まで少し緊張してきた。

ソワソワして落ち着かない。

あ～……今日一緒に帰ってないだけなのに、もう拓磨くんが恋しい。

早く拓磨くんに会いたいな。

明日は一緒に帰れるよね？

頭の中でいろいろ考えすぎて、ワケがわからなくなってきた。

ちょっと、寝よう。

私はゆっくり瞼（まぶた）を閉じた。

次の日。

――ブーブー。

ケータイのバイブ音で目が覚める。

「ん……」

目をこすりながら、ディスプレイを見ると《新着メッセージ１件》と表示されている。

こんな朝から、誰だろう……。

画面を開くと、拓磨くんからのメッセージだった。

《おはよう。ごめん、しばらく学校休むわ》

「え……？」

拓磨くんからのメッセージに思わず声を漏らす。

しばらくってことは……今日だけじゃないってこと？

なんで……？

《どうしたの？　大丈夫？》

そう返信すると、ケータイを握りしめて１階へ下りた。

「姉貴、ごはんできてるよ」

日向が食卓に朝ごはんを並べる。

「あぁ、ありがとう。いただきます」
　机の上にケータイを置くと、日向が作ってくれた味噌汁をひと口飲む。
　――ブーブー。
　再び、ケータイが震えて、慌てて確認する。
《ちょっと体調崩した》
　拓磨くんからの返信はたったそれだけだった。
　体調、崩したのか……。
　大丈夫かな？
《お見舞い行こうか？　本当に大丈夫？》
　そう送るするとすぐに返信が来た。
《大丈夫。気にしないで》
　少し心配だけど……拓磨くんが大丈夫って言ってるなら、しばらく待っていよう。
　きっとすぐにまた、学校に来てくれるよね？
「姉貴、どうかした？」
　すると、日向が心配そうに私の顔を覗きこむ。
「え？　別に大丈夫だよ」
「いや、顔がこわばってたからさ」
「ウ、ウソ!?」
「っていうか、今日は拓磨くん遅いね？　拓磨くんの分の朝ごはん、用意してたのになー……」
　残念そうに言った日向。
「拓磨くん、体調悪いから今日から少しの間、学校休むんだって」

「えぇー!?　マジで!?　残念……」
　毎朝拓磨くんが家に来て、３人でごはんを食べながら話すのが日課になっていた。
　だからすごく寂しい。
「じゃあ明日からしばらく、朝ごはん手抜こーっと」
「なんでやねん」
　口をとがらせて、すねる日向の頭を軽く叩いて関西弁でツッコミを入れる。
「だって拓磨くんが食べてくれるから、毎日気合い入れてごはん作ってたもーん」
「日向は拓磨くんの彼女か……」
　まぁたしかに私も、拓磨くんが朝ごはんを一緒に食べるようになってから、朝ごはん担当のときは気合い入れて作ってたけどさ!?
「……あ！　やべ、朝練に遅れる!!　じゃ、行ってきまーす！」
「行ってらっしゃい」
　日向は慌てて家を出ていった。
　私は再び、味噌汁をひと口飲む。
　誰もいない食卓には、私の味噌汁を飲む音しか聞こえない。
　静かだな……。
　いつもなら拓磨くんと楽しく話しながら、ごはんを食べるのに。
　胸が少しきゅうっと苦しくなる。

それから、準備をすると、いつもより少し早い時間に家を出た。
気がつくと校門をくぐっていて、いつの間に……と思っていると、急に後ろから背中を押される。
「わぁ！　……って、葵ちゃんかぁ、ビックリしたぁ」
振り返るとそこには葵ちゃんがいた。
「おはよ、美憂……って、矢野拓磨は？」
「拓磨くん、体調不良でしばらく学校休むって」
「ふぅん……体調不良か。早くよくなるといいね」
「うん……」
やっぱり、拓磨くんがいないとつまんないよ。
私には拓磨くんが必要なんだ。
葵ちゃんと教室に入ると、多田くんはもう来ていて、一目散に葵ちゃんに抱きついた。
「葵ちゃんおはよー!!」
「はいはい、おはよう……」
「今日も可愛い～はぁ～いい匂い……」
葵ちゃんの首に顔をうずめて幸せそうな多田くんに、私は呆然とする。
「やめて！　恥ずかしいからっ！」
「照れなくてもいいのに！　はぁ……もう可愛いなぁ……」
相変わらずの多田くんと葵ちゃんのやりとりに、クスッと笑う。
「あ、美憂ちゃんもおはよ！　拓磨は？」
「拓磨くんはしばらく休むって」

「……へぇ、そっか」
　私の言葉を聞いた途端、多田くんは少し険しい表情をした。
　どうしたんだろう？
「……多田くん？」
　声をかけると、ハッとしてまた笑顔に戻った。
「なにもないよ！　拓磨がいないとつまんないな～～」
　多田くんのさっきの表情がなんだか少し引っかかった。
　……けど、きっと考えすぎだよね。
　自分の席に着くと、ケータイの電源をつける。
　そして、拓磨くんへのメッセージ画面を開くと、
《多田くんも葵ちゃんも心配してるよ。早く元気になってね。ずっと拓磨くんのこと、待ってるからね》
　と、送信した。
　きっと拓磨くんならすぐに元気になって、また一緒に学校に行ける。
　拓磨くんとまた手を繋いで歩ける日が来る。
　また他愛のない話で笑いあえる日が来る。
　そう信じていた。

　……が。
　それから１週間経っても、拓磨くんから返信はなく、学校にも来なかった。
「拓磨くん、大丈夫かなぁ……」
　１週間経った昼休み、私は葵ちゃんに言った。

「体調不良にしては結構休んでるよね」
「重い病気とかだったのかな……？」
　もしそうだとしたら、今ごろ病院にいるのかな……？
　いや、でも、それならちゃんと私にも話してくれるはずだよね？
「それは考えすぎだって。なにか他に理由があるんじゃない？」
「うーん……」
　そういえば拓磨くんが学校を休んだ前日って……。
「お母さんと会った日……」
　ということは、お母さんとなにかあったのかな……？
「拓磨くん、お母さんとなにかあったのかも……」
「そういえば、お母さんに会うって言ってたね。聞いてみたら？」
「うん」
　私は拓磨くんに、
《拓磨くん、体調大丈夫？　もしかして、お母さんとなにかあったの？　話を聞かせてほしいです》
　と、送信した。
　お願い、返信来て……！
　さすがに１週間もなんの連絡もないと、不安になってくる。
　もう、拓磨くんは学校に来なくなっちゃうんじゃないかって。
　もう、私のことなんてどうでもよくなっちゃったのかなって。

　結局、返信が来ないまま、放課後になってしまった。

「返信、来てないの？」

　葵ちゃんがカバンを持って、私の席にやってきた。

「うん……まだ見てないだけかもしれないし、気長に待ってみる！」

「そうね、そのうち返信来るでしょ」

「うん！」

「じゃ、また明日ね」

「ばいばい」

　葵ちゃんは私に手を振ると、教室を出ていった。

　だんだん人の減っていく教室で、教科書をカバンに入れる。

『ほら、美憂。帰るよ』

『うん！』

　毎日、そう言いあっていたころがなんだか懐かしく感じる。

　それと同時に寂しい気持ちになる。

　拓磨くん、なにをしているの……？

　早く、会いたいよ。

「はぁ……」

　ため息をひとつついてカバンを持つと、教室を出た。

　下駄箱で靴を履き替えて、外に出ると、私に人影が覆いかぶさる。

　顔を上げると、そこには……。

「拓磨、くん……？」
１週間前とは見違える姿の拓磨くんが立っていた。
明るい茶髪にたくさんのアクセサリー、そして着崩した制服。
そう、まるで出会ったばかりのころの姿だった。
でも、間違いなく、私の大好きな拓磨くんだった。
驚きで、私は大きく目を見開く。
「どうしたの、その格好……」
この１週間の間になにがあったの……？
「ちょっと来い」
拓磨くんは冷たい目を私に向け、腕を掴むと、校舎裏に連れていった。
どうしちゃったの？
１週間前の優しい拓磨くんとはなにか様子が違う……。
でも、入院してるとかじゃなくてよかった。
校舎裏に着くと、私の腕を離す拓磨くん。
俯いて、私と顔を合わせようとしない。
とりあえずなにか話そうと、口を開く。
「拓磨くんから全然連絡来ないから、心配したよ〜！　でも、体調はもう悪くないみたいでよか……」
「うるせぇ」
「へ……？」
拓磨くんの目は今まで見たことのないほど冷たいもので、目が合った瞬間、なにも言えなくなる。
「お前、ほんとウザい」

拓磨くんの口から出た言葉に、私の胸はえぐられたように痛くなる。
「拓磨くん、急にどうした……」
「お前のそういうとこ、ウザいって言ってんの。わかる？」
「……っ」
どうしちゃったの？
なんでそんなこと言うの？
「もう、お前とは終わりだから」
「へ……」
終わり？　私たちの関係は終わりってこと……？
「どうして？　なんで、そんなこと……っ」
「お前のことが、キライだからに決まってるじゃん」
「そんな……」
なんで……？　私なにかした？
「話を聞かせてほしいとか、そういうのもウザい。いちいち俺の事情に踏みこんでくんな」
「それは……っ」
「もともと、お前のこと別に大して好きでもなかったし」
「え……」
「ただ、女に飢えてただけ。別にお前じゃなくてもよかったんだよ」
拓磨くんの言葉が私の胸をナイフのようにグサグサと突き刺していく。
別に、私じゃなくてもよかった……？
そんな……。じゃあ今までの言葉も全部、ウソだったんだ……。

「とにかく、お前とはもう無理だから。じゃあな」

そう吐き捨てると、拓磨くんはその場を去っていった。

私はその場に座りこむと、目から流れてくる涙を拭う。

「う、うぅ……っ」

拭っても拭っても、涙は全く止まってくれない。

なんで……？　なんで、急に冷たくなっちゃったの？

イヤだ……イヤだよ。拓磨くんと別れるなんて……そんなの考えられないよ……。

「ヒック……うぅ……うぇ……っ」

今までかけてくれた言葉、みんなウソだったなんて信じたくない。

私を好きだって言って抱きしめてくれたあのぬくもりも、優しい腕も全部……ウソ。

信じたくない現実が私に襲いかかってくる。

さっきの拓磨くんの言葉が頭の中でぐるぐる回る。

私のことはキライ、か。

髪の毛やアクセサリー、制服の着崩し方が元に戻ったのも、もう私のことなんてどうでもよくなったっていうこと、なのかな……？

別に、私はどんな格好の拓磨くんでも、拓磨くんが拓磨くんでいてくれたらそれでよかった。

だけど……もう、終わりなんだ。

私と拓磨くんはもう……なんの関係もない、ただのクラスメイトなんだ。

それからどうやって家に帰ったのか、全く覚えていない。
気がつくと、晩ごはんも食べずにお風呂だけ入って寝て、朝になっていた。
「行ってきます……」
朝ごはんは食べる気にならず、いつもより早く準備が終わり、誰もいない家の中に向かって言った。
そして家を出ると、トボトボと通学路を歩く。
「……はぁ」
なんだかもう、歩くのもめんどくさい。なにもしたくない。
昨日のことは幻だったんじゃないか、なんて思うけど、泣きはらした自分の顔が現実なんだと教えてくれる。
あーあ、学校に行きたくない。誰にも会いたくない。
ちゃんとハッキリ、拓磨くんに“別れたくない”って言えばよかった。
そしたら、なにかが変わってたかもしれない。
今さら後悔したって仕方がないんだけどね。
教室に着くと、私は席に着いてボーっとする。
あぁ、教科書を机の中に入れるのもめんどくさい。
しばらく、なにも手につかなさそうだな……。
「あれ、なんか机１個減ってない？」
すると、クラスの女の子が言った。
え……？　机が１個減ってる？
見ると、私の隣の列……拓磨くんの列の机が１個、減っていた。

　なんで……？　誰の机がなくなったの？

「あ、矢野くんの机がないんだ……！　え、なんで!?」

　聞こえてきた女の子の声に、私は反応して、立ちあがった。

　ウソ……拓磨くんの机が……？

　見ると、たしかに拓磨くんの机がなくなっていた。

　なんで……なくなってるの？

　私が立ちあがった衝撃で、机の中からなにかが私の足元に落ちた。

　それは……白いシンプルな封筒だった。

「なに、これ……」

　こんなの、机に入れた覚えはない。

　じゃあ誰が？

　拾って見てみると、そこには……。

《美憂へ》

　そう書いてあった。

　裏には《矢野拓磨より》と、書いてある。

　拓磨くんからの、手紙……？

「そういえば昨日、矢野くんが担任と話してるの見たんだけどさ」

　クラスの女の子の言った言葉に私は耳を傾けた。

「矢野くん、今日転校するんだって」

「え……」

　思わず声が出た。

転校……？
それってなにかの間違いじゃ……。
ウソ……誰か、ウソだと言ってよ……。
慌てて手紙を開いて中身を確認する。
そこには、拓磨くんの綺麗な字が並べられていた。

＊＊＊＊＊

美憂へ。

いきなり、ごめん。
俺、手紙書いたことなんてほとんどないし、下手くそだけど、最後まで読んでほしい。
もしかしたらもう知ってるかもしれないけど、俺、引っ越すことになったんだ。
この学校にも、もう来ることはないんだ。
俺は美憂にウソをついた。
気づいてると思うけど、学校を休んでた理由は、体調不良なんかじゃなかった。
家でずっと１日中、考え事してた。
実は母親と会う少し前から、母親が俺と一緒に暮らしたいって言ってることを聞いた。
俺は一緒に暮らしたいって思った。
でも、母親は自分の母親……つまり俺のおばあちゃんの体調があまりよくないから、もうすぐ戻らないといけない。だから、一緒に住むってことはこの街とも、この学校とも、祐輝ともそして……美憂とも、お別れをするってことだった。

ずっと考えて俺は……母親を近くで支えることを選んだ。

そばにいられなかったこの十数年を埋めるために。

なにも話せなくてごめん。

ウソついてごめん。

そしてもうひとつ、ウソをついた。

俺は……。

＊＊＊＊＊

手紙を最後まで読むと、私はもう一度、封筒にしまった。

拓磨くん……そういうことだったんだ。

私こそ、ごめんね。

なにも気づいてなかった……。

手紙を握りしめ、職員室に滑りこんだ。

「先生!!」

担任を見つけると、大声で呼び止めた。

「どうしたんだ？　そんな慌てて……」

「先生……拓磨くんが転校するって……本当なんですか？」

「……あぁ、本当だよ」

……やっぱり、そうなんだ。

拓磨くんはどこかへ行っちゃうんだ……。

先生の言葉にやっぱり、と思う反面、焦りが出てくる。

「どこに……どこへ行っちゃうんですか!?」

「たしか……札幌って言ってたかな」

札幌……そんな……飛行機を使わないと行けないくらい遠い。

拓磨くんがそんな遠くに行っちゃうなんて私、知らなかった……。

どうして、なにも言わずに行っちゃうの……？

「今日、9時の便で行くって言ってたよ」

「……え!?　本当ですか!?」

もう、今日行っちゃうの？

この街から出ていってしまうの？

時計を見ると、もうすぐ8時になろうとしていた。

今から学校の最寄り駅まで行って、空港まで行こうと思ったら……。

もう、今から行かないと間に合わない。

「先生！　私、お腹痛いので1時間目は保健室で休みます！」

「おい！　桐野！」

担任の声が聞こえたけど、気にかけず、学校を飛びだした。

「なにしてるんだ！　授業はどうするんだ！」

校門にいた生徒指導の先生に声をかけられる。

「すみません、忘れ物を取りにいってきます！」

「ちょ、待ちなさい！」

ごめんなさい。

今日だけは学校をサボることを許して。

今日だけは絶対に譲れない。
最寄り駅まで全力疾走で向かう。
最寄り駅の方から自転車や徒歩で来る生徒とすれ違う。
ジロジロ見られるけど、今はそんなことを気にしていられない。
早く行かないと……間に合わない。
最寄り駅の線はわりと本数が少なくて、不便だ。
どうか、電車ありますように……！
「はぁ……っはぁ……っ……」
駅に着くと、ちょうど電車がやってきたところだった。
慌ててポケットから定期券を出すと、改札を通った。
『1番乗り場、ドアが閉まります。ご注意ください――』
ドアが閉まっちゃう!!
私は思いきって、ドアに向かって飛びこんだ。
私が入った瞬間、ドアが閉まり、ホッと胸をなで下ろす。
「はぁ……」
よかった……間に合ったぁ……。
駆けこみ乗車なんて初めてだったから、死ぬかと思った。
この電車に乗れてなかったら絶対に間に合わなかった。
はぁ、よかった。
窓の外で流れる景色を見つめる。
どうか……どうか、間に合いますように……っ！
神様、拓磨くんに会わせてください。
お願いします……!!
私の心臓はバクバクと鼓動の速さを増した。

大好きなキミへサヨナラを【拓磨サイド】

１週間前、俺は美憂に教室で手を振ったあと、母親と待ち合わせている喫茶店へ向かった。
「いらっしゃいませ。おひとり様でしょうか？」
「いや、ちょっと人と待ち合わせしてて……」
キョロキョロと喫茶店の中を見回す。
すると、その中に写真に写っていた母親とそっくりな人を見つけた。
あの人が……俺の本当の母さん……？
俺はその女の人に向かって歩くと、こちらに気づいたのか、大きく目を見開いて立ちあがった。
「拓磨……？」
「あぁ、拓磨だよ。母さん……だよね？」
「そうよ、久しぶり……拓磨。会いたかった……っ！」
母さんは涙をひと粒こぼすと、俺をギュッと抱きしめた。
その温かい腕と懐かしい匂いに、俺も思わず涙が出そうになる。
「俺も……会いたかった」
このぬくもりをずっと探し続けて十数年。
ようやく、大好きだった母親に再会できたんだ……。
一度は母親なんて大キライだ、なんて思ったけど……でも、真実を知れて、もう一度出会えて、本当によかった。
席に座って俺はココアを注文すると、母親と目を合わせた。
「拓磨……見ない間に男らしくなっちゃって……お母さん、ビックリしちゃった」
「母さんは……変わらないね」
　写真の中のまま、優しい温かい笑顔の母さんだった。
「そう？　拓磨と離れる前よりもずいぶんオバサンになったと思うんだけど」
　少し恥ずかしそうに頬に手を当てる母さん。
　その仕草もなんだか懐かしく感じる。
　母さんはいろいろと俺の小さいころのエピソードや、離婚して逮捕されてからのさまざまな苦労を話してくれた。
　俺の知らないところで母さんは大変な思いをしていたことを知った。
「そうそう、あの話……考えてくれた？」
　母さんの切りだした話に、俺は少し眉をひそめた。
　数日前、父親から届いたメール。
《お母さんが、もう一度拓磨と一緒に暮らしたいと言っている。今度お母さんに会うまでに考えておいてくれるか？》
　そのメールを見た瞬間、俺は一緒に暮らしたいって思った。
《でも、お母さんはまたおばあちゃんの体調がよくないから、実家の札幌に帰らなければいけないんだ》
　……が、父親の次のメールで、俺に究極の２択が突きつけられた。
　それって……もう、この街とも、高校とも、育ての親とも、祐輝とも、そして……美憂ともお別れしなきゃいけないってこと、だよな？
　現実はそう上手くいくばかりじゃないんだ、そう実感した。
　祐輝にこのことを話すと、
「それは……拓磨自身が決めることだし、俺は拓磨の決めたことなら、いいと思う」
　と、少し険しい表情で言った。
　美憂にはそのことを言いだせずにいた。
　美憂が悲しむ顔を見たくなかった。
　ひとりでずっと考えて、ずっと迷っていた。
　もちろん、美憂のことは大好きだし、大事だ。
　祐輝だって、ずっとそばにいてくれた大切な親友だ。
　でも、母親と一緒にいられなかったこの十数年を埋めたい。
　母さんは子どものころの印象のまま変わらないけど、やっぱり離婚したあと、ずっと働きづくめでいろいろと苦労したことがわかるほど、少し疲れたような、やつれた感じがした。
　そんな母さんと会ってようやく決心がついたんだ。
　母さんに親孝行したい。母さんをずっと隣で支えたい。
　だから……。
「俺、母さんと一緒に暮らすことにするよ」
　俺は固く決心したんだ。
「ほんとに!?　ありがとう、拓磨……」

俺の決心に母さんは涙ぐんで、俺の手を取った。
「今度こそはもう……拓磨にツラい思いさせたりしないから……もう一度、新しくスタートしましょう」
「あぁ、もちろん」
ごめん、美憂。自分勝手な彼氏で。
ずっとそばにいる、なんてカッコつけたこと言っておいて、ほんと無責任だよな。
こんなサイテーな男のことなんて、もう、忘れて。
また新しく、優しい美憂にお似合いな優しいヤツを見つけて……。
母親との生活を決心して、それから俺は学校に行かなくなった。
美憂に会うと決心が揺らいでしまいそうで……。
《多田くんも葵ちゃんも心配してるよ。早く元気になってね。ずっと拓磨くんのこと、待ってるからね》
美憂の優しい言葉に、俺はなにも返せなかった。
こんなサイテーな男が美憂の彼氏でいる資格はない。
もう、美憂に嫌われてしまおう。
そう思ってから何日経っても、俺は美憂になにも言えずにいた。
美憂に嫌われることへの恐怖と、美憂を傷つけることへの罪悪感。
それが、俺の気持ちを邪魔していた。
引っ越しの２日前。
俺は荷物を取りに実家へ帰った。

小学生のころに使っていた勉強机の引き出しから、シンプルな便箋が出てきた。
そして、思いついた。
最後に美憂に手紙を書こうって。
美憂にはやっぱり嫌われたくない。
そんな臆病者だから……ここには本当の気持ちを書いておこうって思った。
手紙を書き終え、俺はズルい人間だなと思った。
こんなの美憂が見たらきっと、悲しむに決まってるよな。
ごめんな、美憂。
美憂には嫌われたくない、そんなズルい俺を許してくれ。
手紙を封筒に入れると、俺は美容院に行って髪の毛を元の明るい茶髪に戻した。
まだ美憂と付き合う前の姿に戻れば、美憂に別れを告げる決心がつくような気がした。
そして……引っ越し前日のみんなが下校し始めるころ。
俺は制服を着崩し、アクセサリーをつけ、手紙を持って学校に向かった。
昇降口からはたくさんの生徒が出てくる。
美憂、まだ帰ってないよな？
一応靴を確認すると、まだ靴があった。
よし。
１回、深呼吸をすると、俺は昇降口で美憂が来るのをドンと待ち構えた。
しばらくすると、美憂がやってきた。

久しぶりに会う美憂に不覚にも少しドキドキする。
ダメだ、ちゃんと……言わなきゃ。
俺は勇気を出して、美憂の前に立った。
「拓磨、くん……？」
きょとんとする美憂の腕を引いて、ひと気のない校舎裏に連れていく。
「拓磨くんから全然連絡来ないから、心配したよ～！　でも、体調はもう悪くないみたいでよか……」
「お前、ほんとウザい」
ごめんな、美憂。
何回謝っても謝りきれない。
「拓磨くん、急にどうした……」
「お前のそういうとこ、ウザいって言ってんの。わかる？」
ウソ。
美憂のそういう、いつも俺なんかのことを気にかけてくれて、明るい太陽みたいな笑顔が大好きなんだ。
ウザいなんて、そんなはずがない。
でも……言わなくちゃいけない。
「もう、お前とは終わりだから」
この言葉を言うのに、どれだけの勇気と力を使っただろう。
声が震えないように……ちゃんと、言えただろうか。
「じゃあな」
一刻も早くこの場から去りたいという気持ちに襲われ、テキトーな理由をつけた。

俺はそう言うと、逃げるようにその場を去った。
傷ついた美憂の表情が頭から離れない。
あぁ、本当はこんなこと言いたくなかった。
でも、仕方ないんだ。どうしても最後にひと目美憂に会いたかったから。でも、会ってしまうと決心がにぶってしまいそうだから、美憂にひどいことを言ってしまったんだ。
それから教室に入ると、俺は美憂の机の中に手紙を入れた。
「さよなら……美憂」
もう、美憂と会うことはないだろう。
美憂と他愛ない話をすることも、手を繋ぐことも、笑いあうことも。短い間だったけど、すっごく楽しくてかけがえのない思い出になった。
こんなに人を愛せることは一生ないかもしれないな。
美憂の机を1回撫でると、俺は教室を出た。
すると、担任がたまたま歩いてきた。
「おぉ、矢野。って、またそんな髪色……」
「大丈夫ですよ、あっちの高校はここよりも緩いんで」
俺の次行く高校はバカ高校だから、ここよりも全然校則が緩いって聞いた。
「……そっか、明日もうあっちに行くんだっけ？」
「はい、明日9時の便で行きます」
「気をつけてな」
担任は俺の手を取って強く握った。
「……お世話になりました。いろいろご迷惑をおかけしました」
　俺も力強く担任の手を握り返す。
　あぁ、寂しいな。
　別れってこんなあっけないものなんだ。
　胸にじんときて、涙が零れそうになった。
「あっちでも元気でな」
「はい。じゃあさようなら」
　学校を出ると、俺は空を見上げた。
　夕日が沈みかけている、綺麗な空。
　何度も何度も見た、ずっと変わらない空。
　いつもはそんなに気にかけないけど、今日は立ち止まってじっと見つめる。
　この空の下で過ごした日々を思いだして、涙が零れそうになる。
　俺はケータイをポケットから取りだすと、祐輝に電話をかけた。
　実は祐輝にまだ引っ越すことは話せていない。
　勝手に行ったらアイツはブーブーうるさそうだし、言っておかないと。
『――もしもし？』
「拓磨だけど」
『あぁ、お前、全然連絡よこさないから、美憂ちゃん心配して……』
「俺、明日札幌に引っ越す」
『へ……？　明日!?』

祐輝は驚きのあまり、耳が痛くなりそうなほど大声で言った。
『お前、美憂ちゃんはどうするんだよ』
「さっき、別れた」
『はぁ？　めちゃくちゃだなお前……』
わかってるよ、そんなこと。
でも、もう仕方ないこと。
「もう、いいんだよ」
今さら、どうしようもない。
『いや、よくないだろ！　美憂ちゃんと別れるってそんな、お前は本当にそれでいいのか？』
「……あぁ」
『拓磨、あんなに美憂ちゃんのこと……』
「放っておいてくれよ！　俺はもう決めたんだ」
この選択が俺と美憂にとって一番いい選択なんだ。
祐輝になにを言われようがもう決めたこと。
『……で？　何時に行くワケ？』
「９時の便で行くつもり」
『そっか。見送り行くよ』
「いいって別に。学校あるだろ？」
『学校なら見送りのあとに行くから大丈夫！』
大丈夫なのかよ、それ。
まぁ祐輝は最近は減ったけど、遅刻魔だし大丈夫か。
『美憂ちゃんには言わなくていいのか？』
「あぁ、言わない。祐輝も言ったりすんなよ」

『わかってる』

祐輝は少し不満そうだったけど、しぶしぶ言った。

「じゃ、また明日」

『じゃあな』

電話を切ると、俺はトボトボと家に帰った。

そして、次の日。

8時半を過ぎたころ、育ての両親に車で送ってもらい、空港に着いた。

「拓磨……元気でね」

「なにかあったらすぐに連絡するんだぞ」

「あぁ、わかってる。また向こうに着いたら連絡する」

母親は少し涙目で、今にも泣きそうだった。

父親はそんな母親の肩を抱き寄せる。

「たまにはこっちにも戻ってきてね」

「もちろん。長期休みになったらまた戻るつもり」

「向こうのお母さんにも、よろしくな」

「あぁ」

母親と父親と、1回ずつ抱き合うと、俺は荷物を持ってチェックインカウンターへ向かい、チェックインの手続きをした。

「拓磨ーっ!!!」

すると、向こうからものすごい勢いで祐輝がやってきた。

「ったく、もうちょっと早く引っ越すこと言えよ！」

「ごめん。いろいろやることがあってさ」

「もう……寂しいじゃねぇかっ！　……うぅ……っ」

急に泣きだした祐輝は俺にしがみついてきた。
「おいおい、いい歳して泣くなよ……。また冬休みになったらこっちに遊びに来るつもりだし」
「な、泣いてねぇしっ！　毎日、寝る前電話しような……っ！」
「はぁ？　めんどくさ。俺はお前の彼女か」
「拓磨ぁ!!」
「あー！　もう、人の服で涙拭くな！」
こうやって祐輝にツッコミ入れることも、しばらくはないんだと思うと少し寂しい。
祐輝は俺にとってかけがえのない、親友だからな。
俺は祐輝にずっと支えられてきたんだ。
「拓磨ぁ～～元気でな～～」
「あぁ、わかってる」
「俺の一番の親友は、拓磨だからな！」
「あぁ」
「拓磨大好きだぞー!!　葵ちゃんの次にな！」
「……はいはい」
相変わらずな祐輝に苦笑いしながら、軽くギュッと抱きしめた。
「じゃ、俺そろそろ行くわ」
気がつけば、あと出発まで15分前だった。
「あぁ、じゃあな」
「おう、またな」
固い握手を交わして、祐輝と別れて保安検査場へと向かおうとしたときだった。
「――拓磨くんっ!!」
　聞き覚えのあるクリアで透き通った声が、構内に響いた。
　振り返るとそこには……。
「み、ゆう……」
　……大好きな、美憂がいた。
　なんで、美憂がここに……!?
　飛行機の時間とか教えてないはずなのに……。
「美憂、お前なにして……っ」
「拓磨くんのバカッ!!」
　美憂は大声で叫んで、涙を流した。
「拓磨くんのウソつき……大ウソつき!!」
「……っ」
「こんなこと書かれたら……拓磨くんのこと、忘れられるワケないじゃん……バカぁ……」
　そう言って、美憂は俺の書いた手紙を見せた。
　そう、俺が手紙の最後に書いた事実。
　それは……。

＊＊＊＊＊

　そしてもうひとつ、ウソをついた。
　俺は……本当は美憂のことが好きだ。
　美憂のことをキライになんてなれるワケがない。
　俺は世界で一番、美憂のことが好きだ。
　これからもずっと。

でも、美憂より母親を選んでしまった俺のことなんて、忘れて。

美憂にはきっと俺よりいいヤツがいる。

サイテーな彼氏でごめん。

矢野拓磨

*****

……美憂のことを、好きだってこと。

自分でもこんなことを書くなんて、美憂を悲しませるだけだってわかってた。

でも、書かずにはいられなかった。

もしかしたら俺は、美憂がこうやって来てくれるのを、心のどこかで期待していたのかもしれない。

「拓磨くん……行かないで……行かないでよぉ……」

泣きながら、俺に抱きつく美憂。

そんな美憂が愛おしくて仕方ない。

「ずっと、そばにいてくれるって言ったじゃん。離さないって言ったじゃん……」

「……ごめん」

「なんでなにも言わずに行こうとするの……？」

「ごめん」

「私……拓磨くんと離れたくないよぉ……っ」

俺だって離れたくない。

美憂のことが好きだから……当たり前だ。

「……って、私……ごめん、ワガママ言っちゃって。やっと……お母さんと暮らせる日が来たんだもんね」
美憂はハッと我に返ったように涙を拭って、俺から離れる。
「もうすぐ、出発の時間、だよね？」
「…………」
「ほら、早く行かないと間に合わないよ」
作り笑顔だってバレバレだよ、美憂。
ずっとそばにいたんだから、そんなの俺にはお見通しだっての。
美憂のことだから、笑顔で見送ろうとか思って無理してるんだろう。
「じゃあね、拓磨くん」
そう言うと俺に背を向けて去っていこうとする美憂。
俺はそんな美憂の腕を引いて、抱き寄せた。
「った、拓磨く……っ」
「俺、やっぱ無理だわ」
「へ……？」
「美憂を置いていくなんて、できない」
美憂を手放すなんてこと……やっぱり俺には不可能だ。
あぁ、やっぱり美憂がいないと……無理。
こんなに可愛い彼女を手放すなんてできるワケない。
「……俺、向こうに行くのやめる」
俺の腕の中にいる美憂のぬくもりを感じながら、そう言った。

キミの腕の中で

「……俺、向こうに行くのやめる」
　拓磨くんのその言葉に私は耳を疑った。
「へ……？」
「母さんには俺から事情を話す」
「で、でも……っ」
「別に美憂のせいじゃないから。俺が美憂のそばにいたい。ただそれだけだよ」
　フッと優しく笑った拓磨くんに私の胸は高鳴る。
　これは……夢？
　拓磨くんがまだ私のそばにいてくれるなんて……嬉しすぎて泣きそう。
「って、泣かないの。泣き虫」
　……って、思ったときにはもう私の目からは涙が零れていた。
　拓磨くんの優しい手が私の涙を拭う。
　そのとき、ふと拓磨くんの腕に私があげたブレスレットがつけてあるのが見えた。
　拓磨くん、つけてくれてたんだ……。
「拓磨くん、好きぃ……っ」
「美憂……っ俺も……」
　頭をポンポン撫でる拓磨くんの手がなんだか少し懐かしい。

大きくて温かい手。私の大好きな手。
「たくさんウソついて……ごめん」
「ううん」
「もう一度、俺と……付き合ってくれる？」
「もちろんだよっ！」
私の隣は拓磨くんしかありえない。
今も、これからも。
拓磨くんじゃなきゃ、ダメなんだ。
「拓磨くん、大好き」
「そんなの知ってる」
「拓磨くんは？」
「そんなの言わなくてもわかるでしょ」
「わかんない」
「大好きに決まってるじゃん」
「……っ」
やっぱりまだ、拓磨くんに好きって言われるのに慣れない。
なんだか恥ずかしいんだ。
「美憂、真っ赤」
「拓磨くんのせいだもん……」
イジワルだけど、優しい拓磨くん。
そんな拓磨くんがどうしようもなく好きだ。
大大大好きだ。

それから数日。

私は拓磨くんと前と同じように、通学路を歩く。

あれから拓磨くんはお母さんと相談して、しばらくお母さんだけが実家に戻って、おばあちゃんの容態が落ち着いたらおばあちゃんと一緒にこっちに引っ越してくることになった。

そして引っ越してきたら、そこで新しくアパートを借りて３人で住むみたい。

だから拓磨くんは札幌に引っ越す必要がなくなった。

これからもずっと……拓磨くんのそばにいられるんだ。

拓磨くんのお母さんとお父さんは今いい感じらしく、再婚を考えているとも聞いた。

……よかった、本当に。

あの日、学校に戻ったら先生にこっぴどく怒られた。

でもいいんだ。拓磨くんが戻ってきてくれたから。

私にとって一番大事な拓磨くんだもん。

「拓磨くんっ」

「なに？」

不思議そうに首を傾げる拓磨くん。

「……ううん、なんでもない」

隣に拓磨くんがいるという幸せを噛みしめながら、空を見上げた。

雲ひとつない青空。

こんな綺麗な青空を見たのは、久しぶりかもしれない。

「拓磨くん」

「ん？」

「また、ラブレターちょうだいね」
「はぁ？　絶対ヤダ」
「なんでー!?」
あのラブレターすごく嬉しかったのにな。
拓磨くんの正直な気持ち……愛が伝わってきてすごく嬉しかった。
「書く必要ないから」
「そんなぁ……」
「いちいち文字にしなくたって、ちゃんと愛情表現してるし？」
「へっ？　……んっ！」
急に腕を引かれたかと思うと、拓磨くんがドアップに映った。
拓磨くんの柔らかい唇から伝わってくる熱。
その熱が移ってきたみたいに、私の全身が熱を帯びていく。
「っもう、拓磨くんのバカ……」
「俺の愛、伝わった？」
「……うん」
「美憂、おいで」
両手を広げた拓磨くんの胸に黙ってくっつく。
すると、耳元に顔を近づけてきた。
「美憂のこと、すげー好き」
「……っ、ズルい」
１通のラブレターから始まったこの恋。

最初は最悪だ、なんて思ってたけど……。

でも、今はこんなにも幸せだ。

拓磨くんがそばにいてくれる、幸せな日々を送ることができている。

……拓磨くんに出会えて本当によかった。

大好きだよ、拓磨くんっ！

《ＥＮＤ》

あとがき

こんにちは、ＴＳＵＫＩです。

この度はたくさんの書籍の中から『矢野くん、ラブレターを受け取ってくれますか？』を手に取っていただき、ありがとうございます。

突然ですが、みなさんはラブレターを渡したことがありますか？

残念ながら私は、ラブレターを渡したこともいただいたこともありません（笑）。

でも昔からラブレターに対する憧れがあって“ラブレター”をキーワードに作品を書きました。

今回の作品は、私がまだ中学生だったときに書いたお話を、高校３年生になってから、また別の作品として新しく書き直したものです。

この作品の元になった作品は、内容も少なく、自分の中ではまだ完結したような気がしていませんでした。

そこで、また一から書き直そうと決意し、完成させたのがこの作品です。

一途に美憂を想う拓磨と、だんだんと拓磨に惹かれていくピュアな美憂はいかがだったでしょうか？

拓磨のような優しい口調の男の子を書くのは初めてだっ

たりします。

これを書いた当時、こんな口調の男の子と付き合いたい……！という願望があったためです。

関西人の私からしてみれば、やはり標準語男子は永遠の憧れです。

今回の刊行にあたって、丁寧にご指導くださった相川さん、早川さん。

ステキなカバーイラストを描いてくださった七瀬えかさん。

いつも近くで応援してくれている家族や友達。

そしてこの作品を読んでくださった読者さま。

本当にありがとうございます。

デビューしたときは高校生になったばかりだった私も、気がつけば社会人になり、思うように作家活動ができなくなってしまいました。

正直な話、もう書籍化させていただくことはないと思っていたので、またこのような機会をいただけて、大変嬉しく思います。

またみなさんとどこかでお会いできるのを楽しみにしています。

これからもＴＳＵＫＩをどうぞよろしくお願いいたします！

2018年2月25日　ＴＳＵＫＩ

この物語はフィクションです。
実在の人物、団体等とは一切関係がありません。

TSUKI先生への
ファンレターのあて先

〒104-0031
東京都中央区京橋1-3-1
八重洲口大栄ビル7F
スターツ出版（株）書籍編集部 気付
TSUKI先生

矢野くん、ラブレターを受け取ってくれますか？

2018年2月25日　初版第1刷発行

著　者　ＴＳＵＫＩ

発行人　松島滋

デザイン　カバー　田附可南子
フォーマット　黒門ビリー&フラミンゴスタジオ

ＤＴＰ　朝日メディアインターナショナル株式会社

編　集　相川有希子
早川恵美子

発行所　スターツ出版株式会社
〒104-0031 東京都中央区京橋1-3-1　八重洲口大栄ビル7F
TEL 販売部03-6202-0386（ご注文等に関するお問い合わせ）
http://starts-pub.jp/

印刷所　共同印刷株式会社
Printed in Japan

ISBN 978-4-8137-0404-1　C0193

ケータイ小説文庫　2018年2月発売

『もっと、俺のそばにおいで。』 ゆいっと・著

高１の花恋は、学校で王子様的存在の笹本くんが好き。引っ込み思案な花恋だけど友達の協力もあって、メッセージをやり取りできるまでの仲に！　浮かれていたある日、スマホを落として誰かのものと取り違えてしまう。その相手は、イケメンだけど無愛想でクールな同級生・青山くんで――。

ISBN978-4-8137-0403-4
定価：本体590円＋税

ピンクレーベル

『矢野くん、ラブレターを受け取ってくれますか？』 TSUKI（ツキ）・著

学校で人気者の矢野星司にひとめぼれした美憂。彼あてのラブレターを、学校イチの不良・矢野拓磨にひろわれ、勘違いされてしまう。怖くて断れない美憂は、しぶしぶ拓磨と付き合うことに。最初は怖がっていたが、拓磨の優しさにだんだん惹かれていく。そんな時、星司に告白されてしまって…。

ISBN978-4-8137-0404-1
定価：本体590円＋税

ピンクレーベル

『16歳の天使』 砂倉春待（さくらはるまち）・著

高1の由仁は脳腫瘍を患っており、残されたわずかな余命を孤独な気持ちで生きていた。そんな由仁を気にかけ、クラスになじませようとする名良橋。転校すると嘘をつきながらも、由仁は名良橋に心を開きはじめ2人は惹かれ合うようになる。しかし由仁の病状は悪化。別れの時は近づいて…。淡い初恋の切なすぎる結末に号泣!!

ISBN978-4-8137-0406-5
定価：本体590円＋税

ブルーレーベル

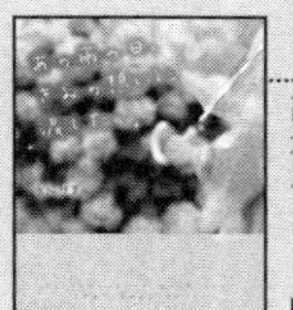

『あの雨の日、きみの想いに涙した。』 永良（ながら）サチ・著

高２の由希は、女子にモテるけれど誰にも本気にならないと有名。孤独な心の行き場を求めて、荒んだ日々を送っていた。そんな由希の生活は、夏月と出会い、少しずつ変わりはじめる。由希の凍てついた心は、彼女と近づくことで温もりを取り戻していくけれど、夏月も、ある秘密を抱えていて…。

ISBN978-4-8137-0405-8
定価：本体590円＋税

ブルーレーベル

ケータイ小説文庫　好評の既刊

『私、冷たい幼なじみと同居します!!』 TSUKI・著

小説みたいな恋に憧れる無自覚天然ガール・由那は、家がとなり同士の幼なじみ・蓮のことがずっと好きだった。だけど中学以降、全然話さなくなってしまい、もう一度仲よくしたいと猛アピールを開始。でも、優しかった蓮はクールになっていた。そんな中、親の都合で２週間限定の同居生活が始まって…!?

ISBN978-4-88381-858-7
定価：本体 530 円＋税

ピンクレーベル

『俺以外のヤツを好きになるの禁止。』 TSUKI・著

ド天然でおバカな未愛は、高校に入学して最初の試験でいきなり赤点ギリギリを取ってしまう。ふと、そのとき満点だった颯太に勉強を教えてもらったらどうかと思い立つ。颯太は、黒髪のイケメンでモテ要素ありまくりなのに、いっぴき狼で無表情。“無口王子”なんて呼ばれ他の子に怖がられているのだが…？

ISBN978-4-88381-808-2
定価：本体 550 円＋税

ピンクレーベル

『恋愛対象外のキミを好きになっちゃいました。』 TSUKI・著

高２の桜菜は隣の席の琥汰が大嫌い。ある日、母が再婚することになり、再婚相手の家で３ヶ月の同居が決定するけど、その息子は琥汰で⁉　一緒に暮らすうちに彼の優しい一面を知り、惹かれていく桜菜。兄妹になる２人の恋の行方は⁉ 最後まで目が離せない同居ラブ★ TSUKI 初の完全書き下ろし！

ISBN978-4-8137-0038-8
定価：本体 580 円＋税

ピンクレーベル

『日向くんを本気にさせるには。』 みゅーな**・著

高２の雫は、保健室で出会った無気力系イケメンの日向くんに一目惚れ。特定の彼女を作らない日向くんだけど、素直な雫のことを気に入っているみたいで、雫を特別扱いしたり、何かとドキドキさせてくる。少しは日向くんに近づけてるのかな…なんて思っていたある日、元カノが復学してきて…？

ISBN978-4-8137-0337-2
定価：本体 590 円＋税

ピンクレーベル